»Den erlesensten, elegantesten und schönsten unter den französischen Romanen des Jahres 1961« hat der französische Schriftsteller Claude Roy den kleinen, im Stil einer klassischen Novelle komponierten Roman ›Die Verzauberten‹ von Vladimir Pozner genannt.
Es ist eine Geschichte von »Unordnung und frühem Leid«. Es ist die Geschichte von einem siebenjährigen Mädchen, Diane, einem phantasievollen, intelligenten und eigensinnigen Kind, das ein Hausmädchen nach dem anderen vergrault, um mit seiner Mutter, einer ehemals berühmten Schauspielerin, allein in der großen, verfallenen Villa zu bleiben. Nur bei Annette macht sie eine Ausnahme, weil deren Mann ein Zauberkünstler, der Prinz Abdallah ist. Die Faszination durch sein wunderbares Gaukelspiel und gemeinsame Geheimnisse verwandeln Diane aus dem herrischen, launischen Mädchen in eine verständnisvolle Verbündete Annettes. Um so bitterer ist ihre Enttäuschung, als Prinz Abdallah sich als ein gewöhnlicher Gauner entpuppt und Annette, für die Diane alles getan hätte, sie seinetwegen im Stich läßt.
Hinter all dem ahnt Diane eine gewaltige, verborgene Kraft, die sie erst später Liebe nennen wird.

Vladimir Pozner, der 1905 als Sohn russischer Eltern in Paris geboren wurde, ist im Spannungsfeld zweier Sprachen und Kulturen aufgewachsen. Nach dem Studium der Literaturwissenschaft in Paris und Leningrad siedelte er nach Paris über, wo er vor allem als Übersetzer und Herausgeber junger sowjetischer Literatur hervortrat. Im Zweiten Weltkrieg war er Soldat in Frankreich und emigrierte dann nach Amerika. Hier arbeitete er in verschiedenen Berufen, zuletzt als Drehbuchautor in Hollywood. 1947 kehrte er in seine Heimatstadt Paris zurück, wo er seitdem als Schriftsteller und Publizist lebt.
Pozner hat mehrere Romane und Erzählungen geschrieben, von denen einige ins Deutsche übersetzt wurden (u. a. der Roman ›Der weiße Baron‹), und hat ein Erinnerungsbuch veröffentlicht.

Vladimir Pozner
Die Verzauberten
Roman

Aus dem Französischen von
Stephan Hermlin

Fischer
Taschenbuch
Verlag

Veröffentlicht im Fischer Taschenbuch Verlag GmbH,
Frankfurt am Main, Mai 1988

Lizenzausgabe mit freundlicher Genehmigung
des Verlags Volk und Welt, Berlin (DDR)
Die französische Originalausgabe erschien 1961
unter dem Titel ›Le lever du rideau‹ bei René Julliard, Paris

Umschlaggestaltung: Hans-Georg Pospischil
und Alfons Holtgreve
Satz: Fotosatz Otto Gutfreund, Darmstadt
Druck und Bindung: Clausen & Bosse, Leck
Printed in Germany
ISBN 3-596-29301-4

Für Ida

Das Haus war groß und verfallen, auch schlecht gehalten, voll geheimnisvoller Winkel. Die Wasserleitungen gaben ächzende Geräusche von sich, der Luftzug trieb durch die Korridore Schattenherden, vor denen man sich hüten mußte.

Diane kauerte in der Treppenkehre, von wo aus man sehen konnte, ohne gesehen zu werden. Durch das schmiedeeiserne Geländer fiel ihr Blick in den Salon. Sie gewahrte ihre Mutter, die schönste Frau der Welt, und, ihr gegenüber sitzend, einen Mann mit olivfarbenem Teint und schmalem, schwarzem Schnurrbart. Er trug einen dicken, goldenen Ring, ein violettes Taschentuch und an den kleinen Füßen Schuhe, die wie Sonnen blitzten.

»Annette kocht sehr gut«, sagte er und ließ dabei das R rollen. Madame Devilliers wandte den Kopf, und Diane bückte sich seitwärts, um die Frau beobachten zu können, die ihre Mutter mit unentschlossener Miene musterte, während sie auf ein Wort von ihr wartete. Diane sah den Rücken der Frau, einen schmalen, gebeugten

Rücken unter dem schlechten schwarzen Stoff, unter dem sich die Schulterblätter abzeichneten. Die Fremde saß auf der Stuhlkante, nach vorn gebeugt, das Gesicht dem Manne zugewandt.

»Ich empfange kaum noch Besuch«, sagte Madame Devilliers. Ein vielsagendes, eine Winzigkeit bitteres Lächeln erschien auf ihren Lippen. Sie stand auf und ging auf eine Vase zu, die zu eng war für die Rosen, die in ihr standen. Sie berührte eine, und die Blume entblätterte sich auf einen Schlag, als wolle sie so die gegenwärtige Einsamkeit der Herrin des Hauses bezeugen.

Der Blick des Mannes, bis dahin unbeweglich, wurde lebhaft. Er durchforschte den Salon, haftete kurz auf dem mit Elfenbein eingelegten schwarzen Schreibtisch, dann auf den gläsernen Türen, die in den Garten hinausgingen, und kam schließlich auf Alice Devilliers' Porträt zur Ruhe, das gemalt worden war, als sie kaum zwanzig Jahre zählte und gerade berühmt wurde. Es stellte sie vom Rücken her dar, der Kopf war zu drei Vierteln gewendet und blickte über die Schulter zurück; diese Bewegung unterstrich die Länge und Schmalheit des Halses, den eine Perlenschnur dreifach umgab; ihr

Haar, nachlässig zusammengerafft und aufgesteckt, leuchtete um sie; sie lächelte sieghaft.
»Ach, ja...«, sagte Madame Devilliers, die ihren Besuchern den Rücken zukehrte, »ich könnte Ihnen sonntags keinen Ausgang geben. Einen anderen Tag, wenn Sie wollen, aber nicht sonntags.«
»Gewiß«, sagte der Mann, indem er gleichsam bedauernd von der Betrachtung des Bildes abließ. »Sie gehen sicher viel aus.«
Sie berührte noch einmal den Blumenstrauß, der fast schwarze Blütenblätter zu ihren Füßen und über ihre seidenen, bestickten Pantoffeln hinstreute. »Es ist nicht einmal so sehr aus diesem Grunde«, sagte sie, »aber ich fühle mich gern frei. Wenn Sie Ihre Frau sonntags sehen wollen, können Sie sie hier besuchen. Wenn Sie wochentags zu tun haben, habe ich nichts dagegen, daß Sie Ihre Sonntage hier verbringen«, betonte sie, indem sie die Modulation ihrer Stimme unter Kontrolle hielt wie ein Reiter, der ein ungeduldig schnaubendes Vollblut zurückhält.
»Gewiß«, wiederholte der Mann; es war nicht recht klar, ob er die Bewegungsfreiheit seiner Gesprächspartnerin meinte oder mögliche häusliche Begegnungen mit seiner Frau, die ihn, ohne ein Wort zu sagen, ansah.

Madame Devilliers blickte über die Schulter weg auf ihre Besucher; im Augenblick ähnelte sie ihrem Bildnis; man hätte nicht sagen können, ob der Maler sie einst in einer bei ihr üblichen Pose dargestellt hatte oder ob sie im Gegenteil, weil sie sich seit zwanzig Jahren derart dargestellt sah, ihr eigenes Bild bis in sein Lächeln nachahmte; aber dieses Lächeln wurde in den Mundwinkeln von Runzeln aufgehalten, und die Haut um die Augen und in der Nähe des Ohres begann schlaff zu werden.

»Da ist auch noch meine Tochter«, sagte sie, und Diane blickte schnell zu ihr hin. »Sie ist noch klein, und ich fürchte, Sie könnten sie in manchen Augenblicken«, sie zögerte, »... schwierig finden. Sehr schwierig«, wiederholte sie und ließ ihre warme Stimme klingen. »Ich möchte es Ihnen lieber gleich sagen.«

Sie wandte sich der Besucherin zu, dergestalt, daß sie sie von vorn sehen konnte, und wartete von neuem.

»Annette ist sehr kinderlieb«, sagte der Mann.

Diane betrachtete feindselig den Rücken und den schwarzen Haarknoten dieser Frau, die kinderlieb war, gut kochte und kein Wort sprach. Sie hoffte, daß Annette beim Vornüberbeugen schließlich in das Loch fallen würde, das sie sich zu ihren Füßen vorstellte, und sie stieß sie mit dem ganzen Gewicht ihres Blicks in diese Richtung.

Madame Devilliers hatte sich wieder hingesetzt und zögerte von neuem. Nein, dachte Diane. »Nein, nein, nein«, flüsterte sie, ihre Blicke in den willfährigen Blicken ihrer Mutter. Diese zuckte beinahe unmerklich die Achseln, und Diane machte eine ärgerliche Bewegung. »Nun gut! Wenn Ihnen der Sinn danach steht, Annette«, sagte Madame Devilliers und bedachte die junge Frau mit einem Lächeln, dessen letztes Strahlen sie dem Mann zukommen ließ.

Die Fremde hatte sich noch weiter vornübergebeugt, sie saß fast nicht mehr auf dem Stuhl. Madame Devilliers wandte sich noch einmal um, sie anzusehen, der Mann betrachtete Madame Devilliers auf die gleiche nachdenkliche Art, mit der er ihr Bild betrachtet hatte, und Diane beobachtete sie alle drei.

Ihre Mutter bemerkte die prüfenden Blicke, die sich auf sie richteten, und da die Augen des Mannes zwischen ihr und dem Bild hin- und herwanderten, lächelte sie wieder, wobei sie diesmal ihr Lächeln zwischen dem Besucher und einem Punkt teilte, der sich irgendwo ein wenig links über ihrem Kopf befand.

»Nun?« sagte sie in einem Ton belustigter Erwartung.
Der Mann sah Annette an, er drehte seinen Schnurrbart zwischen Daumen und Zeigefinger, der Ring blitzte an seiner Hand.
Der Kopf der Frau zog sich zwischen die Schultern zurück, ihr Rücken krümmte sich noch mehr. Sie hatte nicht aufgeblickt.
»Ja, Madame«, sagte sie.
Sie hatte eine schwache, klanglose Stimme.
Der Mann wandte sich der Frau des Hauses zu.
»Wollen Sie, Madame, daß meine Frau morgen früh anfängt?« fragte er halb kriecherisch, halb unverschämt.
Madame Devilliers stand auf.
»Ich werde Ihnen Ihr Zimmer zeigen.«
Die Fremde hatte sich nicht gerührt. Sie schien das Teppichmuster zu ihren Füßen zu studieren. Ihr Rücken zitterte.
»Sie weint«, sagte Madame Devilliers und ließ ihrer Stimme, die sich nicht mehr halten ließ, die Zügel schießen. »Sie weint«, wiederholte sie, als nähme sie das Bild an der Wand zum Zeugen; sich an die Frau wendend, teilte sie auch ihr mit: »Sie weinen.«
Annettes Rücken erzitterte stärker.
»Warum weint sie?« fragte Madame Devilliers,

die Augen zum Gesims erhoben, als hätte sie aus einer geringeren Höhe keine Antwort zu erhoffen.
»Du weinst?« fragte der Mann, ohne Annette dabei anzusehen. »Vielleicht hast du dir weh getan.«
Der Rücken der Fremden wurde bewegungslos, ihre Schulterblätter sprangen wie kleine Flügel vor. »Ich habe mir weh getan«, sagte sie mit der gleichen klanglosen Stimme.
Die Brauen der Dame des Hauses gingen nach oben, was ihren großen, schrägstehenden Augen den Ausdruck tadelnden Erstaunens verlieh.
Diane begann wieder Hoffnung zu schöpfen, aber ehe ihre Mutter ein Wort hätte sagen können, griff der Mann ein: »Sie ist derartig schüchtern, daß sie nicht weiß, was sie sagt.«
Madame Devilliers sah die Fremde, die wieder in ihr Schweigen zurückgefallen war, forschend an. Sie mußte jetzt wohl davon überzeugt sein, daß es unnütz war, ihr Fragen zu stellen, und sie wandte sich an den Mann.
»Sie ist doch wohl nicht krank?« erkundigte sie sich.
»Nie«, sagte der Mann. »Annette ist niemals krank. Sie ist stark wie ein Pferd.«

Und wie er das sagte, stand die junge Frau auf, klein, schmal, stumm.

»Nun gut! Sehen Sie sich jetzt Ihr Zimmer an«, sagte Madame Devilliers und ging auf die Treppe zu. Die Zimmer befanden sich im ersten Stock.

Diane lief wütend davon, ohne Annette von Angesicht gesehen zu haben.

Sie war nicht hübsch: kleine, schwarze Augen, eng beieinanderstehend, zusammengewachsene Brauen, eine niedrige Stirn, Löckchen. Sie trug das gleiche schwarze Kleid wie am Vortag. Hinter ihr lag die Straße, leer, farblos. Es war sieben Uhr morgens. Am Straßenrand ein Taxi. Darin saß der Mann mit olivfarbenem Teint und las die Zeitung; man sah von ihm nur den schmalen Schnurrbart unter einem allzu hellen Hut.

Annette lächelte dem kleinen Mädchen zu, das ihr geöffnet hatte, und musterte es schweigend: es war barfuß, trug nur ein Nachthemd, und das blonde Haar fiel ihm bis zu den Hüften hinab.

»Madame Devilliers ...«, begann Annette.

Das Kind unterbrach sie: »Sie schläft.«

»Habe ich dich aufgeweckt?«

»Ich bin schon seit einer Ewigkeit auf.«
»Ich bin das neue Hausmädchen.«
»Ich weiß.« Und: »Man muß Sie zu mir sagen.«
Diane trat einen Schritt beiseite und beobachtete die Frau, die sich bückte, um den großen, schwarzen Koffer aufzuheben. Tiefgebeugt nahm sie eine Treppenstufe nach der anderen und trat wankend in ihre Kammer. Diane war ihr gefolgt. Sie sah zu, wie sie den Koffer öffnete, hastig ein paar Toilettengegenstände, Unterwäsche, ein Paar Strümpfe, ein Tuch hervorholte und alles zu Boden warf. Diane erblickte gerade noch ein paar Stücke Herrenwäsche, einen Regenbogen von Krawatten, da hatte Annette schon den Deckel zugeschlagen. Diane trat zum Fenster.
Die Straße war immer noch leer. Der Taxichauffeur war von seinem Sitz gestiegen und ging auf und ab; er vermied dabei, auf die Spalten zwischen den Platten des Trottoirs zu treten; von Zeit zu Zeit schlug er einen Haken und stieß mit dem Fuß einen kleinen Zweig oder einen Kiesel in den Rinnstein. Er wandte sich um und nahm Annette den Koffer aus den Händen. Sie näherte sich dem Wagen mit ruckhaften Schritten, berührte die Klinke der Tür, aber öffnete sie nicht. Die Scheibe ging herunter, der helle Hut

beugte sich nach vorn. Annette bückte sich mit einer eckigen Bewegung in die Öffnung, als fiele sie in ein Loch. Diane lächelte. Eine Hand mit einem dicken Ring legte sich auf die Schulter der Frau, die mit aller Kraft ihre Wange an die Hand preßte. Sie hatte die Augen geschlossen. Das Taxi fuhr ab. Sie wäre fast gefallen.

Diane kauerte sich nieder, um das Tuch zu betrachten. Auf dunklem Grund entfalteten sich Blumen von bonbonfarbenem Rosa zwischen grünen Blättern. Es war schön, schöner als der Morgenrock der Mutter.

Annette saß in der Küche, auf der Ecke eines Schemels erstarrt, mit gesenktem Kopf, die rechte Hand in die linke Schulter gekrampft, eine Bewegung, die sie noch schmaler erscheinen ließ.

»Ihr Kleid ist zerrissen«, bemerkte Diane. »An der Schulter.«

Sie war auf Annette lautlos zugetreten, und das Mädchen fuhr zusammen, während es den Kopf hob. Es weinte. Diane verspürte Verachtung in sich aufsteigen. »Sie weinen?« sagte sie. »Vielleicht haben Sie sich weh getan?«

Der Schatten einer Erinnerung glitt über Annettes Gesicht; sie verzichtete darauf, ihr nachzuhängen, tat, als brächte sie ihre Locken in

Ordnung, und wischte mit den Fingerspitzen eine Träne weg.

»Ich werde dir dein Frühstück machen.«

»Ihnen Ihr Frühstück machen«, verbesserte Diane sie und fügte hinzu: »Wir frühstücken nie.« Sie erkundigte sich, ohne den Blick von der Schulter der jungen Frau zu wenden: »Haben Sie Hunger?«

»Ich muß irgendwo hängengeblieben sein«, sagte Annette. Mit einer ständigen Bewegung streichelte sie den Riß, ein blasses Lächeln schwebte auf ihren Lippen.

»Gerade eben, als Sie klingelten, war es noch nicht zerrissen«, beharrte Diane.

Annette sagte: »Ich habe Hunger.«

Sie verschlang die Reste der Mahlzeit vom Vortag, in großen Bissen, als wolle jemand ihr etwas wegnehmen.

»Sie sind nicht sehr kräftig«, sagte Diane.

»Doch«, und Annette nahm noch etwas kaltes Fleisch.

»Es fiel Ihnen schwer, den Koffer zu tragen. Wenn der Chauffeur Ihnen nicht geholfen hätte ...«

Annette wurde rot. »Sagen Sie es nicht Madame.« Sie stand auf. »Klettere auf meinen Rücken, du wirst sehen, wie stark ich bin.«

»Ich bin kein Baby mehr«, sagte Diane. »Und Sie müssen mich siezen.«
Annette entschuldigte sich, es geschehe nicht aus bösem Willen. »Es geschieht unwillkürlich. Es ist sozusagen stärker als ich«, sagte sie.
Ich auch, dachte Diane. Ich bin auch stärker als Sie. Sie siezte Annette sogar in Gedanken. Sie zeigte auf ein Wandbrett, das zu erreichen ihr nie gelungen war.
»Da oben bewahren wir die Streichhölzer auf.«
Die junge Frau reichte ihr eine Schachtel, und Diane rieb ein Streichholz an, wie sie es tausendmal bei anderen gesehen hatte, zuerst zu schwach, dann zu stark, wobei sie beinahe das Streichholz zerbrochen hätte, aufgeregt und trotz allem überrascht durch die plötzliche Erscheinung der Flamme, die ihr mehr und mehr gehorchte. Sie spürte, wie die Hitze auf ihre Finger zukroch, hörte Annettes Ausruf, wartete noch einen Augenblick, ehe sie das Streichholz ausblies.
»Sie haben sich weh getan«, sagte das Hausmädchen.
Diane antwortete nicht. Ihre Mutter hatte gesagt: »Wenn du groß sein wirst.« Sie zündete ein Streichholz nach dem anderen an und legte die verkohlten Reste auf den Tischrand. Sie war

groß. Als die Schachtel leer war, sah sie das Mädchen an und sagte: »Du kannst mich duzen.«
Auch Annette war jetzt gezähmt. Sie war nicht mehr weiter interessant.

Man mußte sie nur noch loswerden. Das mußte einfach sein. Von allen Fremden, die im Hause so schnell aufeinander gefolgt waren, daß Madame Devilliers nicht ihre Vornamen hatte behalten können, schien Annette die am leichtesten Verwundbare zu sein. Sie versteckte sich nicht einmal, um zu weinen: die anderen schlossen sich ein, wenn sie es taten, man sah sie durchs Schlüsselloch, wie sie auf dem eisernen Bett saßen und auf einen unsichtbaren Punkt starrten, der sich irgendwo vor ihnen befand. Das bedeutete, daß sie am nächsten Morgen, spätestens übermorgen ihren restlichen Lohn verlangten. Madame Devilliers konnte es nie begreifen, sie verlangte nicht viel, aber keine blieb länger als ein paar Wochen, nicht einmal die Spanierinnen, von denen man behauptet, daß sie sich mit allem abfinden, so groß ist das Elend in ihrem Land. Die Ärmsten hielten es zwei Monate aus. Annette würde es nicht so lange aushalten. Diane sprach zu ihr darüber ohne

Umschweife, eines Morgens, als die junge Frau dabei war, auf den Knien liegend, die Stufen der Treppe mit Bohnerwachs zu bearbeiten.
»Ich glaube nicht, daß du hierbleiben wirst«, sagte sie.
Sie war auf dem Treppenabsatz im ersten Stock aufgetaucht, und um sie gegen das Licht sehen zu können, mit umleuchtetem Haar, aufrecht stehend, eine Spur nach vorn geneigt, in dem Nachthemd, das ihre Fersen verbarg, die sie nie aufsetzte, weil sie auf den Zehenspitzen lief und stillstand, um sie so zu sehen, wie sie gleichsam bereitstand, um davonzufliegen, mußte Annette ein Gesicht zu ihr erheben, das die Unruhe noch mehr hatte erröten lassen als die physische Anstrengung.
»Warum?« fragte sie.
Aber Diane war nicht gekommen, um eine Unterhaltung zu beginnen, sie entfernte sich bereits, sie ging nicht, sondern schien zu laufen, ihre nackten Füße glitten geräuschlos auf dem Boden dahin. Sie sagte, bevor sie verschwand:
»Niemand bleibt hier länger als zwei Wochen.«
Dies war die Frist, die sie, gestützt auf ihre Erfahrungen, sich selber und der Neuen zubilligte. Sie war im Irrtum. Bis dahin hatten Worte genügt; die den größten Erfolg versprachen, hat-

ten keine Wirkung bei Annette, weder die Stimme, die sie aussprach, noch jener sie begleitende abwesende Blick, den nur tote Gegenstände ertragen können und den Diane so gut auf Gesichter zu richten wußte. Sie hatte eine gewisse Art, »Mein Kleid ist schlecht gebügelt« zu sagen, die niemand ausgehalten hatte, nicht einmal die Spanierinnen, selbst wenn sie eine Arbeitserlaubnis zu erlangen hofften; sie schlossen sich in ihre Kammer ein, setzten sich auf ihr Bett und betrachteten starr einen unsichtbaren Punkt jenseits der Wand, jenseits der Pyrenäen; man brauchte nur noch darauf zu warten, daß sie gingen. Annette dagegen bügelte das Kleid zum zweiten-, wenn Diane hartnäckig blieb, zum drittenmal, sie weinte, wirkliche Tränen, sie fielen auf das gestärkte Gewebe und verdampften unter dem Bügeleisen. Die junge Frau lächelte.

»Ich bügle immer selber seine Hemden«, sagte sie, »er ist genauso schwierig wie du: niemals zieht er dasselbe Hemd zwei Tage hintereinander an.«

Sie war jetzt länger als zwei Wochen da, und Madame Devilliers sagte Diane, ohne dabei aufzuhören, sie zu kämmen, was sie täglich beim Erwachen, jedoch nie vor dem Mittag tat, sie

solle, da sie sich mit dem neuen Mädchen so gut verstünde, ihre Mutter in die Normandie fahren lassen, zu Freunden von Tante Lydia, wo sie niemals hatte hinfahren können, weil sie Diane nicht allein lassen wollte, und wohin sie für den kommenden Samstag eingeladen war. Das Haar zog sich zwischen den Schildpattzähnen in die Länge und wurde glatt, um sich dann gleich wieder zu kräuseln.
»Ja, Mama«, sagte die Kleine.
Madame Devilliers legte den Kamm weg und griff nach der Bürste. Bei jeder Bewegung fiel der weite Ärmel ihres Morgenrocks zurück und entblößte ihren nackten Arm, sie zählte die Bewegungen mit halblauter Stimme und unterbrach sich mit der Bemerkung, sie werde nicht lange wegbleiben, ein paar Tage nur, und sie werde Diane ein schönes Geschenk mitbringen.
»Ja, Mama«, wiederholte Diane.
Das Haar fiel ihr über die Schultern. Madame Devilliers liebkoste es.
»Du wirst sehen«, sagte sie, »wie gut du dich mit Annette amüsieren wirst, du wirst nicht einmal merken, daß ich nicht da bin.«
Sie bedauerte ihre Worte sofort und fügte hinzu:
»Du wirst mich doch nicht vergessen, sag?«
»Nein, Mama«, sagte Diane, und wie Madame

Devilliers ihr nachblickte, als sie davonsprang, dachte sie, daß es doch eigentlich kein Kind gebe, das leichter zu behandeln sei, und daß man sich eben nur darauf verstehen müsse.
Dann schlief sie von neuem ein.
Solange ihre Mutter schlief, gehörte Diane das ganze Haus. Sie lief darin umher in ihrem überstürzten und hüpfenden Gang und hielt manchmal inne, um irgend etwas zu untersuchen, mit erhobenem Kopf, den langen, schlanken Hals gestreckt, ganz nach vorn gebeugt, als suche sie ein unmögliches Gleichgewicht wiederzuerlangen, genau in dem Moment, in dem sie es zu verlieren schien, und ebenso plötzlich lief sie weiter, wie sie innegehalten hatte. Sie hatte noch nichts für Bücher übrig, auch nichts für Puppen, obwohl sie jene, die sie den andern vorzog, eine dunkle mit kurzgeschnittenen Haaren, aufbewahrte, jene, die Tante Lydia, die gar nicht ihre Tante, sondern die beste Freundin ihrer Mutter war, eines Tages bemerkt hatte, als sie zu ihr ins Zimmer gekommen war. »Du spielst mit Puppen?« hatte sie gönnerhaft gefragt, und Diane darauf, eisig: »Nein. Und Sie?« Die Besucherin hatte die Flucht ergriffen, und Diane war zu ihrer Beschäftigung zurückgekehrt: sie war vom Aufwachen an beschäftigt

bis zum Schlafengehen, dessen Zeitpunkt entsprechend der Abwesenheit der Mutter variierte, und Madame Devilliers hatte die Fähigkeit, abwesend zu sein, ohne das Haus zu verlassen; Diane, ohne das Weiterstreichen der Zeit im allgemeinen wahrzunehmen, wie sie auch ihre eigene Zeit nicht kannte, hatte mit sieben Jahren – aber wenn man sie gefragt hätte, hätte sie ihr Alter nicht sagen können – noch nicht gelernt, die Zeit von der Uhr abzulesen.

Es war Annette, die es ihr beibrachte, am Kirchturm nämlich, nachdem sie ihre Überraschung kundgetan und die Frage gestellt hatte, warum Diane noch nicht zur Schule ging, worauf sie erfuhr, daß Madame Devilliers vorzog, sie zu Hause zu behalten.

»Mama findet, daß ich noch Zeit habe«, sagte das Mädchen.

So auf den Begriff Zeit gebracht, begann Annette mit Erklärungen; sie näherten sich dem Markt, der auf dem Kirchplatz gehalten wurde: Diane hatte das Mädchen zum erstenmal begleiten wollen. »Und wieso weiß man, daß der kleine Zeiger die Stunde anzeigt?« fragte sie. Annette hatte keine Ahnung, außer daß es schon immer so gewesen war. Diane hörte ihr zerstreut zu, die Blicke auf den Kirchturm ge-

heftet. »Warum steht ›Brand‹ auf dem Zifferblatt?« fragte sie mit plötzlichem Interesse.
Die junge Frau nahm an, es müsse der Name des Uhrmachers sein. Enttäuscht beschloß Diane, sich anderwärts zu erkundigen. Annette fuhr fort, die Vorteile der Kenntnis der Zeit zu erklären: Eisenbahnzüge, Arbeitsstunden, Rendezvous.
»Er kommt immer zu spät«, sagte sie nachsichtig.
»Und die Uhr?«
»Was macht ihm das schon . . .«
Annette hob die schmalen Schultern.
»Er liegt im Streit mit der Zeit. Außer bei Monatsende«, fügte sie lächelnd hinzu, mit dem gleichen nachsichtigen Ausdruck, den Diane schon an ihr kannte.
»Haben wir bald Monatsende?«
»In drei Tagen: Samstag.«
Annette lächelte strahlend. Diane betrachtete sie nachdenklich: es blieben nur noch drei Tage bis zur Abreise ihrer Mutter. »Wenn es das Ende des Monats ist«, sagte sie, »mußt du mir die Haare schneiden.«
Verblüfft blieb Annette stehen.
»Deine schönen Haare abschneiden?«
»Sie wachsen sehr schnell wieder«, sagte Diane

mit Nachdruck. Sie war es, die, nach der Rückkehr vom Markt, lief, um die Schere zu holen, dann ließ sie sich auf der Ecke des Küchentisches nieder. Annette hatte sie noch nie so gutwillig gesehen. Die junge Frau hatte zunächst gezögert, davon gesprochen, daß man zum Friseur gehen würde, aber Diane hatte sie davon abgebracht. Blonder Schaum schwebte in der Luft wie Lindenblüte im Mai.

»Ich würde gern Friseuse sein«, sagte Annette, »Friseuse oder auch Maniküre. Man verdient gut, mit den Trinkgeldern. Siehst du, das wäre ein Beruf, der mir wirklich gefallen würde.«

Jetzt, da sie sich an ihre Umgebung gewöhnt hatte, sprach sie viel, wurde sogar geschwätzig, als empfände sie eine Notwendigkeit, sich für ein zu langes Schweigen zu entschädigen.

Sie holte aus ihrer Kammer einen kleinen Spiegel, den sie Diane lachend gab.

»Nie hätte ich geglaubt, daß wir uns schließlich vertragen würden, wir beide«, sagte sie. »Du hast mir aber auch übel mitgespielt.«

Die Kleine betrachtete sich im Spiegel, sie hatte Annette nicht zugehört. »Das genügt.«

Sie ließ sich zu Boden gleiten und betrachtete prüfend noch einmal im Spiegel eine Diane, die älter aussah, was ihr keineswegs mißfiel.

Halb erwacht in ihrem Zimmer mit den zugezogenen Vorhängen, fühlte Madame Devilliers zunächst in der Hand Kamm und Bürste, die ihre Tochter ihr wie alle Tage gebracht hatte, und erst dann etwas Ungewohntes: als sie, die Augen kaum geöffnet, mit der üblichen Bewegung nach dem Kopf des Mädchens faßte und den Kamm durch ihr Haar zog, begegneten ihre Finger nicht dem üblichen Widerstand. Sie glaubte, sich geirrt zu haben, wiederholte die Bewegung, fand an Stelle der Locken Leere, sagte sich, daß sie träume, wie ihr das schon widerfahren war, öffnete mit Anstrengung die Augen und entdeckte die Katastrophe.

»Diane!«

Sie betrachtete entgeistert dieses abgemagerte, gealterte Gesicht ohne Charme, ohne Geheimnis. Ihre Tochter ließ sich betrachten, aber sie sagte nichts.

»Du hast... du hast...« In ihrer Verblüffung fand sie keine Worte und wiederholte nur albern: »Dein Haar, Diane, dein Haar.«

Sie entsann sich aller Gelegenheiten, da ihre Freunde und sie selbst das Haar ihrer Tochter bewundert hatten, dieses Haar, das keine Schere je berührt hatte und dessen äußerste Enden, blonder als das übrige und weicher, aus Dianes ersten Locken noch aus der Babyzeit bestanden, jenen Locken, die Pierre-Antoine so gern um seine Finger gewickelt hatte. Niemals, niemals wieder. Sie fühlte sich alt. »Ich liebte sie so sehr«, sagte sie mehr zu sich selbst als zu ihrer Tochter, die immer noch schwieg und nachzudenken schien. Bis dahin hatte Madame Devilliers wahr gesprochen, und ihr erster Aufschrei war ein Schrei des Herzens gewesen, aber als sie fühlte, daß sie zitterte, wurde ihre Stimme, als wüßte sie, was man von ihr erwartet, plötzlich laut.

»Du liebst mich nicht, du hast mich nie geliebt, sonst hättest du das nicht getan!« schrie Madame Devilliers, indem sie eine gewisse Genugtuung verspürte angesichts der Wortflut, die aus ihr aufstieg. Sie war bereit fortzufahren, aber Diane wählte gerade diesen Moment, um zu reden.

»Es war Annette«, sagte sie, so leise, daß ihre Mutter glaubte, sich verhört zu haben.

»Was, Annette?«

»Sie hat mir die Haare geschnitten.«

»Sie ist verrückt.«

»Sie will Friseuse werden. Wegen der Trinkgelder.«

»Annette!«

Madame Devilliers schrie und klingelte gleichzeitig.

Diane zog sich zurück, blieb aber in Hörweite der Stimmen, der frenetischen Stimme ihrer Mutter, der erloschenen des Dienstmädchens, das nur wiederholen konnte: »Aber wenn sie es mir doch selbst gesagt hat, ich solle sie ihr schneiden.«

Das war weniger ein Argument als vielmehr eine Frage, die gleichsam in der Luft stehenblieb, eine immer ungewissere Frage, schließlich eine Klage, deren Unerheblichkeit nur noch deutlicher gemacht wurde durch Umfang und Vielfalt der Vorwürfe, die Madame Devilliers äußerte.

»Sie ist noch ein Kind«, sagte sie mit ihrer ausdrucksvollen Stimme, »sie ist voller Launen; das nächste Mal wird sie von Ihnen verlangen, ihr dabei zu helfen, aufs Dach zu klettern, um zu sehen, ob sie fliegen kann; wie soll ich zu Ihnen Vertrauen haben, sie mit Ihnen allein lassen, weggehen und mit Ihnen allein lassen«, fuhr Madame Devilliers in jenem gleichzeitig klagenden und leidenschaftlichen Ton fort, dessen sich alle entsinnen, die das Glück hatten, sie einmal zu hören.

Die beiden Frauen sprachen gleichzeitig, ohne

aufeinander zu hören. Hinter der Tür reckte Diane, auf den Zehenspitzen stehend, den Hals; im Halbdunkel des Ganges bildete ihr Haar, das am Nacken abgeschnitten war, einen großen hellen Fleck. Als sie die Gewißheit erlangt hatte, daß ihr die Kündigung Annettes gelungen war, machte sie sich davon.

Ein paar Stunden später trieb sie sich vor der Kammer des Mädchens herum. Durch die halbgeöffnete Tür gewahrte sie die junge Frau von rückwärts, wie das erste Mal drei Wochen zuvor, und wie damals bebte ihr Rücken. Diane begriff, daß sie weinte: Madame Devilliers hatte ihr mitgeteilt, daß sie am nächsten Morgen gehen müsse. Über das Bett gebeugt, auf dem sie ihr Tuch ausgebreitet hatte, packte sie ihre paar Habseligkeiten. Die Blumen von bonbonfarbenem Rosa flammten auf dem schwarzen Hintergrund des Gewebes, und Diane, von neuem fasziniert, tat einen Schritt nach vorn, um sie besser sehen zu können. Annette mußte ihre Gegenwart gespürt haben, sie drehte sich um: seit dem Haarschneiden hatten sie sich nicht mehr gesehen. Die junge Frau wollte etwas sagen, aber sie hielt inne und zeigte ein schiefes Lächeln: die Lippen gehorchten ihr nicht.

»Hast du Hunger?« fragte sie. »Der Braten wird in ein paar Minuten fertig sein: wir können essen.«

Sie unterbrach sich und fragte leise und vorwurfsvoll: »Warum hast du deiner Mutter erzählt, ich sei es, die dir die Haare schneiden wollte?«

Diane sagte nichts.

»Du weißt sehr gut, daß du zuerst davon sprachst«, fuhr Annette fort, »du sagtest, man müsse dir die Haare schneiden, weil es Monatsende sei.«

Dianes Blick war undurchdringlich.

»Ich hatte dir gleich gesagt, daß niemand hierbleibt«, sagte sie.

Die junge Frau sah sie forschend an.

»Du hast es extra getan«, sagte sie, »jetzt fällt mir ein: Du hattest die Frist von zwei Wochen erwähnt.«

Die Züge des Kindes drückten mit Langeweile gemischte Gleichgültigkeit aus. Es sagte, indem es einen Ausdruck des Mädchens, der ihm gefallen hatte, gebrauchte: »Ich bin in Unfrieden mit der Zeit.«

»Wie du willst«, sagte Annette. »Auf jeden Fall ist es zu spät.« Sie lächelte das gleiche halbe Lächeln. »Und doch wäre ich gern geblieben.

Ach, wie gern wäre ich geblieben.« Sie fügte nachdenklich hinzu: »Ich werde es nicht so schnell vergessen.«

Diane blickte sie kalt an. »Das ist dumm«, sagte sie. »Du tätest besser zu vergessen.«

»Man gewinnt auch das Unglück lieb«, stellte Annette fest, ganz einfach und als rede sie mit jemandem ihres Alters.

Diane betrachtete das Tuch, das noch prächtiger war als die Erinnerung, die sie von ihm hatte.

»Es ist schön, nicht wahr?« fragte Annette.

»Ja, wunderbar«, erwiderte das kleine Mädchen mit einem Ausdruck, der dem besonders geliebten Wort seine ursprüngliche Bedeutung verlieh.

Annette nahm ein Foto, das auf ihrer Wäsche lag und das Diane nicht bemerkt hatte.

»Wunderbar«, wiederholte sie.

Sie meinten nicht das gleiche.

»Das Tuch«, stellte Diane fest.

»Er hat es mir geschenkt.«

Diane betrachtete höflich das Foto. Der Mann mit dem olivfarbenen Teint war darauf im Zylinder zu sehen, in ein schwarzes, weißgefüttertes Cape gehüllt. Die Unterschrift lautete: »Prinz Abdallah.« Diane riß die Augen auf.

»Ist er Prinz?« fragte sie.
»Er ist Zauberkünstler.«
Diane kannte nur das Wort zauberhaft.
»Was macht er?«
»Er zaubert.«
Prinz und Zauberer: sie schnappte nach Luft. Annette hatte das Foto wieder an sich genommen und sah starr darauf nieder.
»Er hat es in Ägypten gelernt«, sagte sie.
Sie hörten die Stimme von Madame Devilliers.
»Annette, Ihr Braten brennt an.«
»Er hätte dir die tollsten Sachen hergezaubert«, sagte Annette und lief davon.
Diane dachte noch bei Tisch daran. Sie wußte, daß Zauberer ganze Städte aus dem Nichts entstehen lassen können, aber sie hatte nicht gewußt, daß Annettes Mann einer von ihnen war. Woran hätte sie es erkennen sollen? An dem hellen Hut, an seinem Schnurrbärtchen? Da leuchtete in ihrer Erinnerung der dicke Ring des Prinzen Abdallah auf. Man brauchte ihn nur zu reiben, und Türme wuchsen empor, die einen viereckig und mit Zinnen versehen, die anderen rund und von Kuppeln gekrönt. Er hatte sie ihr zeigen wollen, aber sie hatte Annette wegjagen lassen, und jetzt war es zu spät. Sie bemerkte, daß ihre Mutter zu ihr sprach.

»Sie rühmte sich, eine gute Köchin zu sein«, wiederholte Madame Devilliers.
Diane verlangte noch ein Stück Braten und gab sich Mühe zu essen, obwohl sie den Geruch von Verbranntem nicht ausstehen konnte. Der Name des Uhrmachers auf dem Zifferblatt der Turmuhr fiel ihr wieder ein. Eins hing mit dem anderen zusammen.
Madame Devilliers beobachtete sie, wie sie dasaß, verträumt, ernst, mit ihrem kurzgeschnittenen Haar, das ihr das Aussehen eines Schulmädchens gab: sie erschien ihr jetzt weniger häßlich als zuvor, und sie sagte sich, früher oder später hätte es doch gemacht werden müssen. Dieser Gedanke, wie übrigens alle, die den Flug der Zeit betrafen, machte sie traurig, und sie nutzte ihn zu gesteigertem Selbstmitleid und dachte, daß man Diane nicht unbegrenzt von der Schule fernhalten könne, wie es ihr bis dahin mit Hilfe ärztlicher Zeugnisse und ihres Lächelns gelungen war; dann würde die Kleine erfahren, daß sie nicht Devilliers hieß, sondern Clusaz: Pierre-Antoine hatte sich beeilt, sie anzuerkennen, indem er eher dem Kind seinen Namen gab als der Mutter; einige Monate später verließ er beide für immer.
Sie fühlte sich nach der Auseinandersetzung

mit Annette erschöpft und bedauerte, sich von ihr getrennt zu haben: Sie hatte große Lust nach diesen paar Ferientagen bei Lydias Freunden verspürt.
Einander so gegenübersitzend und damit beschäftigt, appetitlos den verbrannten und schon kalt gewordenen Braten zu kauen, bewegten Mutter und Tochter Gedanken, die angetan waren, sich in einer gewissen Distanz zu treffen. Die Mutter sprach zuerst; sie werde Tante Lydia anrufen und sie bitten, nicht auf sie zu warten; während sie das sagte, empfand sie für sich selbst ein Mitleid, das ihre Stimme ausdrückte, ohne daß sie sich darüber Rechenschaft ablegte. Die Jüngere hatte aufgehört zu essen; mit erhobenem Kopf betrachtete sie einen imaginären Punkt an der Decke, und ihre Mutter, die den luftigen Turm, der plötzlich vor den Augen ihrer Tochter erstanden war, nicht wahrnehmen konnte, merkte mit plötzlicher Ungeduld, daß Diane ihr nicht einmal zugehört hatte.
»Mama«, sagte das kleine Mädchen, »ich glaube, Annette kann bleiben.«
Madame Devilliers protestierte überrascht.
»Doch, doch.« Und Diane fuhr sich mit der Hand durchs Haar. »Sie werden wieder wachsen«, sagte sie. »Ich glaube, sie wachsen schon wieder.«

Madame Devilliers lachte und dachte daran, wie sehr Lydias Freunden und Lydia selbst diese Bemerkung gefallen würde, vor allem, wenn sie ihnen erzählte, daß die Kleine gemerkt haben mußte, wie tief ihre Mutter bedauerte, nicht wegfahren zu können.

»Ich weiß nicht, ob ich dich mit Annette allein lassen kann«, murmelte sie aus Gewissensgründen, und als sie sah, daß Diane nickte, dachte Madame Devilliers, daß sie die beste aller Töchter habe.

Ein wenig später fragte Diane, ob Frauen Zauberinnen sein könnten.

»Man behauptet, daß Kleopatra eine war.«

»Kleopatra?«

»Kleopatra, Königin von Ägypten.«

Madame Devilliers lächelte zärtlich Diane zu, über die sie so gut Bescheid wußte.

Unter der Tür zur Kammer des Mädchens schimmerte Licht. Durch das Schlüsselloch sah Diane Annette, die steif auf dem Bett saß und die gegenüberliegende Wand betrachtete wie eine Reisende, die auf ihren Zug wartet und die ganze Nacht vor sich hat. Endlich ähnelte sie jenen anderen, Spanierinnen oder auch nicht, die ihr in diesem Haus und in diesem Raum vorausgegangen und in einem ungleichen Kampf mit einem blonden, zarten Mädchen unterlegen waren. Die Blicke starr auf eine Stelle gerichtet, auf der so viele andere vor ihr das Zukunftsbild brotloser Tage betrachtet hatten, schien sie in dumpfes Nachdenken versunken zu sein. Plötzlich erschauerte sie und legte, die Arme gekreuzt, die beiden Hände um ihre schmalen Schultern, dann wandte sie langsam den Kopf und heftete den Blick auf Diane, die auf der Schwelle des Zimmers stand und deren Haar im Zugwind flatterte.

»Ich habe mit Mama gesprochen«, sagte das kleine Mädchen. »Du kannst bleiben.«

Annette schien nicht zu hören, denn sie antwortete nicht; erst nach einiger Zeit schüttelte sie den Kopf.

»Hörst du«, sagte Diane, »du kannst bleiben.«

Die junge Frau fuhr sich mit der Zunge über die Lippen. »Es hat keinen Zweck«, sagte sie mit niedergeschlagenen Augen und indem sie mit Schwierigkeit sprach. »Ich habe schon mein Bündel geschnürt.«

»Du brauchst es nur wiederaufzumachen.«

Diane ging auf das Bett zu. Als sie noch einen Schritt von Annette entfernt war, hob diese den Kopf.

»Du hattest recht«, sagte sie. »Es ist besser, wenn ich nicht mehr länger hierbleibe.«
»Warum?« fragte Diane streng, und als sie keine Antwort erhielt, erinnerte sie Annette: »Eben noch wolltest du bleiben.«
Annette schwieg weiter, und Diane suchte ihren Blick und sagte: »Ist es meinetwegen?«
»Glaub mir, glaub mir«, sagte die andere hastig, indem sie den Blick des kleinen Mädchens vermied, »es ist besser so. Auf diese Weise hast du Ruhe und deine Mama auch.«
Diane dachte über das eben Gehörte nach.
»Warum auch Mama?« fragte sie.
»Weil sie so ein richtiges Dienstmädchen einstellen könnte«, sagte Annette, indem sie die erste beste Erklärung gab, die ihr einfiel.
»Bist du denn kein richtiges Dienstmädchen?«
»Ich kann nicht einmal deine Kleider bügeln.«
Sie hatte das ohne Hintergedanken gesagt, und Diane schien ihre Worte gerade so aufzufassen.
»Aber ich will, daß du bleibst«, sagte sie, indem sie das »will« betonte.
Annette schüttelte den Kopf, wie sie es zu Beginn der Unterhaltung getan hatte.
»Es ist nicht aus diesem Grunde«, sagte sie, indem sie gleichzeitig die falschen Gründe, die sie angeführt hatte, und Dianes Erwiderung bei-

seite schob. »Glaub mir, es ist besser, wenn ich gehe.«

Das kleine Mädchen stellte sich vor, wie sie wegging, ihr Bündel unter dem Arm, hinter ihrem Mann; der Prinz Abdallah ging, ohne sich umzudrehen, davon, in eine mit Türmen vollgestellte Wüste hinein, das schwarze, weißgefütterte Cape flatterte um seine Schultern.

Diane verschwand ebenso plötzlich, wie sie gekommen war, und ließ die Tür hinter sich offenstehen. Als sie zurückkehrte, war Annette von neuem dabei, die Wand zu betrachten, und das kleine Mädchen konnte sich ihr nähern, ohne ihre Aufmerksamkeit zu erregen. Diesmal setzte sich Diane aufs Bett und sagte, wobei sie Annette ein Stück Karton hinstreckte, das sie in der Hand hielt: »Sieh mal.«

Das Foto stellte einen Mann in den Dreißigern dar, mit schwarzem, gewelltem Haar, hellen Augen und Stupsnase. Annette blickte zerstreut auf das Bild.

»Das ist Papa«, erklärte Diane und sah ihrerseits auf das Bild. »Findest du, daß ich ihm ähnlich sehe?«

Die junge Frau sah mit größerer Aufmerksamkeit auf das Foto. »Vielleicht die Augen«, sagte sie. »Zeig mir deine Augen.«

Dianes Augen waren graugrün und ein bißchen ängstlich.
»Was macht dein Vater?« fragte Annette.
»Er war Pilot«, antwortete Diane von oben herab, »und er ist in den Südatlantik abgestürzt.«
Annette stieß einen kleinen Schrei aus, und ihre Augen füllten sich mit Tränen.
»Mein armes Kleines«, sagte sie, legte den Arm um die Schultern des Kindes und zog es an sich. »Mein armes, armes Kleines, und ich schikanierte dich noch dazu«, fügte sie hinzu, um so mehr verwirrt, als sie geglaubt hatte, Madame Devilliers sei geschieden wie alle Künstler.
Diane sah sie von der Seite her an, hin und her gerissen zwischen der Lust, zu weinen, die sie jedesmal erfaßte, wenn sie an ihren Vater dachte, dem Vergnügen, sich »mein Kleines« nennen zu hören, und der Befriedigung, zu wissen, daß Annette sie nicht verlassen würde.

Madame Devilliers fuhr am übernächsten Tag ab, der ein Sonnabend und der letzte Tag des Monats war, nachdem sie ihnen tausend Ratschläge gegeben und versprochen hatte, täglich zu telefonieren. Ihr weichfallendes Kostüm aus schwerer, kupferfarbener Seide, schwarz eingefaßt, ließ sie jung erscheinen.

Bis dahin war Diane als erste aufgestanden. An diesem Sonntag fand sie Annette angekleidet am Fenster stehend. Sie trug das gelbe Kleid, das ihr Madame Devilliers zum Beweis dafür, daß sie wieder in Gnaden aufgenommen sei, geschenkt hatte. Sie hatte sich die Lippen rot gemacht und orangefarbene Flecken auf die Backenknochen geschminkt, die hoch und vorspringend waren. Diane fand sie häßlicher als an anderen Tagen. Drei Stunden später kam sie ihr hübsch vor: gerade läutete die Türglocke.
»Laß mich jetzt allein, mein Liebling«, sagte Annette.
Sie atmete merkwürdig, als ob sie gelaufen wäre, und Diane fragte sie nach dem Grund.
»Was du dir einbildest«, sagte die junge Frau und bemühte sich, ihren Atem zu mäßigen, und als die Glocke von neuem ertönte, sagte sie: »Ich bitte dich, geh jetzt.«
Diane entfernte sich und hörte von weitem, wie Annette die Treppe hinuntereilte, das Geräusch der Tür, den schwereren Gang von jemand, der die Treppe hinaufstieg. Vorsichtig lief sie über den Treppenabsatz. Hinter der Kammertür vernahm sie unverständliches Flüstern. Dann trat Schweigen ein. Auf den Fußspitzen stehend,

den schmalen, langen Hals gestreckt, wartete Diane. Ein Sonnenstrahl brach durch das Laubwerk des großen Baumes und schien durchs Fenster, wobei er die Verzierungen und Ranken des Geländers nachzeichnete. Plötzlich füllte sich Annettes Kammer mit einer Art Gezwitscher, als habe man eine ganze Schar von Vögeln freigelassen; das Geräusch nahm zu und ging in Seufzer über, tiefer als die Stimme des Meeres in einer Venusmuschel. Nie hatte Diane eine solche Freude, einen solchen Schmerz für möglich gehalten. Sie hatte Angst um Annette und beneidete sie zugleich. Das also war er, der Zauber.

Später knarrte die Tür, und Prinz Abdallah erschien auf der Schwelle, rot im Gesicht, in Hemdsärmeln, mit aufgeknöpftem Kragen und aufgerollten Ärmeln. Er pfiff vor sich hin und machte unwillkürlich eine Bewegung nach rückwärts, als er das kleine Mädchen bemerkte, das auf dem Treppenabsatz wie auf einem Sokkel stand, ängstlicher als er. Annette, aufs Bett hingestreckt wie ein großer, schwarzweißer Vogel, erhob sich mit einem Sprung.

»Hast du mich gesucht, mein Kleines? Prinz, das ist Diane.«

Er musterte sie mit Wohlgefallen. Sie wollte ins

Zimmer treten, aber er blieb im Türrahmen stehen und wich nicht beiseite. Hinter ihm zog Annette das Bettzeug zurecht und stopfte ein bißchen zerknüllte Wäsche unter das Kopfkissen.
»Guten Tag, Fräulein«, sagte er und rollte das R. »Sie dürfen Annette nicht alles glauben. Ich bin kein Prinz.«
Diane sah ihn von oben bis unten an: »Ich bin kein Kleines.«
Er lächelte, ohne zu verstehen, und verkündete: »Ich werde Ihnen ein Rätsel aufgeben. Hören Sie gut zu.«
Er deklamierte, als sage er ein Gedicht auf:
»In Bourg d'Oisans
fängt ein Vogelsteller Vögel,
ein Vogelhändler bietet sie feil,
ein Faulpelz kauft sie.«
Diane dachte mit gerunzelter Stirn nach.
»Eins, zwei ...«
Sie strengte sich an, doch der Gedanke an die Vögel, die sie durch die geschlossene Tür hindurch vernommen hatte, verwirrte sie, und sie sagte schließlich: »Was ist es?«
»Drei«, sagte der Mann. »Zu spät. Alle Vögel sind weggeflogen.« Wenn er lachte, kniff er die Augen zusammen, sein Schnurrbart sträubte sich und ließ ihn einem großen Kater ähnlich

sehen. Er warf einen Blick über die Schulter zurück und trat beiseite. Diane ging ins Zimmer. Die Vögel waren verschwunden. Das Fenster war geschlossen. Das kleine Mädchen suchte, ohne es zu finden, mit dem Blick das Foto des Prinzen Abdallah, das Annette auf die Kommode gestellt hatte. Das Tuch war an seinem Platz, an der Wand festgesteckt. Ein schwerer, scharfer Geruch verschlug ihr den Atem. Der Mann machte sich weiter über sie lustig: weder Prinz noch Zauberkünstler sei er. Er wisse überhaupt nicht, was sie von ihm wolle. Sie blieb beharrlich. Er lächelte und fuhr sich mit dem Daumennagel über den Schnurrbart.

»Und die tollen Sachen?« Sie sah Annette an. »Du hattest es versprochen.«

Die junge Frau schien aufzuwachen. Diane bemerkte, daß sie nur einen Strumpf anhatte, der dazu noch hinunterrutschte.

»Es ist wahr, Prinz«, sagte sie. »Ich habe es ihr versprochen.«

Er zuckte die Achseln. Sein Rock hing im Schrank auf einem Bügel. Er zog aus dem Rock ein Spiel Karten und forderte Diane auf, eine Karte zu wählen.

»Ich stecke sie ins Spiel zurück, und ich decke auf.«

Die Karten wurden in seinen Händen, an denen der goldene Ring blitzte, lebendig; sie kletterten an seinen nackten Armen hoch, verstreuten sich flügelschlagend durchs Zimmer hin, um gleich darauf aus Dianes Mund hervorzuspringen, aus ihrem Haar zu brechen. Sie waren überall, unvorhersehbar, ungreifbar. Annette lachte entzückt. Prinz Abdallah lächelte wohlwollend. Die Karten schlüpften mit leisem Geräusch durch seine Finger.

»Hast du seine tollen Sachen gern?« fragte Annette.

Diane begriff, daß beide Komödie spielten, um sie von ihrem Geheimnis abzulenken. Sie ging und hörte von weitem, wie sie sich stritten: er sprach mit eindringlicher Stimme, beharrte auf etwas; sie antwortete einsilbig; einmal schrie sie auf: »Nein!«

Diane suchte im Garten Zuflucht. Zur Zeit des Mittagessens zeigte sie sich nicht. Sie ärgerte sich mehr über die junge Frau als über ihren Mann. Er mußte schon seine Gründe haben.

Sie war mit ihr die ganze Woche hindurch böse, tat fremd, abwesend, starrte von Höflichkeitsformeln, die Madame Devilliers, welche nach vier Tagen zurückgekehrt war, entzückten.

»Sie haben sie verändert, Annette. Ich müßte öfters verreisen.«

»Ja, Madame. Danke, Madame.« Und zu Diane, heimlich, damit ihre Mutter es nicht merke: »Was habe ich dir getan?«

»Mir?« Die Unschuld selbst, mit einer Winzigkeit von Überraschung: als ob Annette ihr irgend etwas tun könne.

Als sie sicher war, daß das Mädchen sie nicht hören konnte, fuhr sie in ihren Erkundigungen fort. »Mama, was machen die Ägypter?«

»Es gibt keine mehr, das heißt, es gibt welche, aber es sind nicht mehr dieselben.«

»Und die anderen, was machten die?«

»Sie bauten Pyramiden und Straßen, glaube ich. Du fragst danach besser Tante Lydia.«

Warum mußte jede Antwort eine neue Frage enthalten?

Am nächsten Sonntag ging Diane, ohne anzuhalten, vor Annettes Tür vorbei, kletterte auf den Boden und kauerte sich vors Bodenfenster. Unten hüpfte ein Sperling umher, ohne dabei die Spalten zwischen den Platten des Trottoirs zu berühren. Diane wandte sich ab.

Staubige Bilder häuften sich in den Ecken zwischen Koffern mit gewölbten Deckeln; eine Schneiderpuppe mit mächtiger Büste und Wespentaille tat vor einem erblindeten Spiegel anmutig. Eine Spinne, die sich aus dem Gebälk heruntergelassen hatte, wiegte sich vor dem Bodenfenster, das ihr Faden in zwei Teile schnitt. Diane dachte daran, daß genau unter ihr Annette vor ihrem Fenster warten mußte.

Am Ende der Straße schlug die Turmuhr (die das Wort »Brand« auf ihrem Zifferblatt trug) die volle Stunde. Der letzte Schlag widerhallte noch, als Diane die Türglocke vernahm. Sie hatte niemanden kommen sehen. Aber der Sperling war weg: wie eine Spielkarte.

Sie rannte die Treppe hinab und zögerte einen Moment, bevor sie öffnete: niemand. Sie hatte sicher geträumt. Von einem Ende der Straße zum anderen breitete sich die große sonntägliche Wüste. Im ersten Stock öffnete sich langsam und vorsichtig eine Tür.

»Ich bin es«, sagte Diane.

Es tat ihr leid, daß sie gleich losgeredet hatte, sie wartete ein paar Minuten, zog, indem sie den Türgriff drehte, die Tür zu sich heran und machte sie gleich darauf geräuschvoll wieder zu. Schon war Annette auf dem Treppenabsatz.

»Ich bin es.«

Diane wartete noch einen Augenblick, ehe sie von neuem damit anfing. Diesmal blieb der

Treppenabsatz leer. Sie lief die Treppe auf den Zehenspitzen empor und blieb auf der letzten Stufe stehen. So konnte sie eine Stunde und noch länger bleiben. Aber es war nicht nötig. Die Kammertür des Mädchens ging mit einer zögernden Bewegung auf. Der Türspalt wurde größer. Diane bereitete sich vor zu sagen: »Ich bin es.« Sie bemerkte, daß Annette weinte.
Seit einer Woche hatten sie nicht mehr miteinander gesprochen. Aber die junge Frau schien es vergessen zu haben: vielleicht lastete das Schweigen zu schwer auf ihr.
»Ich wußte es«, sagte sie, »ich wußte, daß er nicht kommen würde.«
Diane fand, Annette sei genügend bestraft. »Er ist am letzten Sonntag gekommen«, sagte sie.
»Das war Monatsende.«
Sie flüsterten, um Madame Devilliers nicht aufzuwecken.
»Komm zu mir herein«, sagte Annette.
Es war das erstemal, daß Diane die Kammer wiedersah, seitdem sie beinahe das Geheimnis des Prinzen Abdallah entdeckt hatte, und sie ließ ihre Augen umherwandern, in der Hoffnung, irgendeinen Hinweis zu finden. Über der Kommode leuchteten die Blumen des Tuches, die ihr röter vorkamen als früher, aber abgese-

hen von ihrem flammenden Strauß, gab es da nichts zu finden.

»Er kommt bestimmt nicht, weil ihr euch am letzten Sonntag gestritten habt«, sagte das Kind. »Ich habe euch gehört, so laut habt ihr gesprochen.«

Annette warf ihr einen unruhigen Blick zu. »Du hast uns gehört?«

»Du hast geschrien: ›Nein!‹ Man konnte dich am anderen Ende des Hauses hören. Und sogar im Garten.«

Sie hielt inne. Annette war ganz weiß geworden.

»Denk nicht mehr daran«, sagte sie. »Versprich mir, nicht mehr daran zu denken.«

Diane betrachtete sie nachdenklich.

»Warum bist du so blaß?« fragte sie. »Fühlst du dich nicht wohl?«

Das Telefon klingelte.

»Das ist er!«

Er war es nicht, aber Annette war jetzt ganz rot geworden, und in der Aufregung des Laufes vergaß Diane, sie nach dem Grund dieses Farbwechsels zu fragen.

Gegen Mittag traf Madame Devilliers, die endlich aufgestanden war, Annette auf dem Gang. Das Mädchen fühlte sich nicht wohl: sie hatte eine Migräne.

»Das sieht man.«
Und Madame Devilliers riet ihr, einen Spaziergang zu machen und die Kleine mitzunehmen: die frische Luft würde beiden guttun. Diane tauchte einen Moment lang auf, um nein zu sagen, und kehrte zum Telefon zurück, neben dem sie Wache stand.
Aber der Prinz Abdallah ließ an diesem Tage nichts von sich hören, auch nicht am nächsten und übernächsten Sonntag. Annette grämte sich, alles fiel ihr aus den Händen, als ob sie nicht mehr greifen könnten. Mit ernsten, aufmerksamen Blicken sah Diane zu, wie sie litt.

Sie überraschte sie eines Morgens im Salon. Vor dem Schreibtisch kniend, war Annette dabei, den Schlüssel einer Schublade herumzudrehen; sie hatte das Geräusch von Dianes nackten Füßen auf dem Teppich nicht gehört. Sie vernahm ihre Stimme, drehte sich mit einer hastigen, ekkigen Bewegung um und befand sich genau dem Kind gegenüber, das wie gewöhnlich auf den Zehenspitzen stand und nun größer war als sie, so daß das Mädchen seinen Blick heben mußte, um dem Dianes zu begegnen.
»Sie ist offen«, sagte das kleine Mädchen.
Aber Annette rief schon: »Du bist es, mein Klei-

nes?« Dann erst begriff sie, was Diane gesagt hatte. Verwirrt fügte sie hinzu: »Wie denn, offen?«

Diane beugte sich nach vorn und zog an dem Schlüssel. Die Schublade öffnete sich. Sie war mit Briefen vollgestopft. Es waren Briefe aller möglichen Art, und Diane fuhr mit einer nachlässigen Bewegung zwischen ihnen umher und ließ ein paar zu Boden fallen.

Jetzt erst dachte Annette daran, zu sagen: »Ich wollte Staub wischen.«

»Staub«, wiederholte Diane. Ihre Hand glitt immer noch mit liebkosender Bewegung über die blauen, weißen und grauen Kuverts.

Annette bemerkte, daß einige kleine Bündel bildeten, die von einem Band oder einem Bindfaden zusammengehalten wurden. Noch nie hatte sie so viele Briefe gesehen.

Aber Diane sagte, nicht ohne Stolz: »Es gibt noch viel mehr.« Sie öffnete die andern Schubladen, die gleichermaßen bis zum Rand voll waren und einen Geruch von altem Papier und, kaum wahrnehmbar, von Parfüm ausströmten. Diane griff in die Haufen hinein, packte sie mit vollen Händen und ließ sie wieder fallen.

»All das, all das«, sagte sie mit singender Stimme. »Sechsunddreißig Schubläden voller Lie-

besbriefe.« Mit dem Kopf deutete sie auf das Bildnis von Alice Devilliers, deren Tonfall sie, ohne es zu wissen, nachahmte, als sie erklärte: »Sie hatte eine Menge Bewunderer, weißt du.«
Sie stellte sich eine Menge vor, wie sie sie am Bahnhof gesehen hatte, zur Zeit der Ferienreisen – Unordnung, Rufe, der Galopp der Reisenden und der Zug, der auf niemand wartet –, blickte auf die Briefe und sagte großzügig: »Du kannst sie lesen, wenn du willst.«
Annette antwortete nicht. »Es sind mindestens tausend«, sagte sie schließlich überwältigt.
»Vielleicht noch mehr.«
Sie fragte: »Sind sie schön?«
Diane dachte nach. »Nicht sehr«, sagte sie. »Nicht sehr schön.«
Das Mädchen konnte es einfach nicht fassen: tausend Liebesbriefe, wieviel Zeit man doch dafür braucht, um sie zu schreiben, und wieviel Liebe.
»Ein Liebesbrief«, sagte sie, »ist immer schön.«
Diane sah sie zweifelnd an.
»Glaubst du?« sagte sie.
Ein Schatten glitt über Annettes Gesicht, ein zweiter, ein dritter: man hätte glauben können, es werde dunkel. Mit einer zaghaften Bewegung nahm sie irgendeinen Brief. Sie las langsam, Sil-

be für Silbe, ein Wort nach dem andern buchstabierend; ihre Lippen bewegten sich; manchmal stolperte sie über eine schwierige Passage, und eine doppelte Falte erschien zwischen ihren zusammengezogenen Brauen. Anfangs drückten ihre Züge Neugier aus, sie lächelte beim Umwenden der Seiten, in ihr Lächeln kam etwas wie Zärtlichkeit, ihr Blick wurde feucht, sie sah auf und träumte vor sich hin, am Boden sitzend, den nicht zu Ende gelesenen Brief auf den Knien.

Diane hatte Schweigen bewahrt, und ihr Gesicht spiegelte die Veränderungen in dem Annettes wider.

Unbewußt ahmte sie ihr Lächeln, ihre Rührung, ihre Träumerei nach, aber nur an der Oberfläche und ohne irgend etwas davon zu verspüren. Beide stießen fast gleichzeitig einen Seufzer aus, die eine infolge eines Übermaßes an Gefühl, die andere, weil sie zu lange die Luft angehalten hatte.

»Manche haben schon Glück«, sagte Annette mit hartem Gesicht. Sie wiederholte, als ob sie sich Mut machen wolle: »Manche haben schon Glück.«

Sie war aufgestanden und musterte über den Schreibtisch hinweg das Porträt der Madame

Devilliers, die ihr über die Schulter weg zulächelte; wenn man genauer hinsah, bemerkte man, wie in dieses triumphierende Lächeln Bedauern trat, als verdamme die kindliche Wölbung der Lippen, der Schwung der Brauen, der schräge Schnitt der Augen, kurz, gerade die Perfektion ihrer Schönheit sie zur Einsamkeit, einer Einsamkeit, schwerer zu tragen als das Perlenkollier, das ihren runden, schmalen Hals länger erscheinen ließ, als er in Wirklichkeit war.

»Legt sie es niemals an?« fragte Annette mit dumpfer Stimme. Sie sagte es gleichsam gegen ihren Willen.

»Sie legt keinen großen Wert darauf«, erwiderte Diane, die von neuem den Tonfall ihrer Mutter nachahmte, deren Porträt sie nun auch mit einem gleichgültigen Blick streifte.

»Wenn ich so ein Halsband hätte, würde ich es nie ablegen«, rief das Mädchen aus. Sie setzte hinzu: »Ich wette, daß Madame es in der Bank aufbewahrt.«

Diane antwortete nicht sogleich: sie versuchte, sich Annette mit dem Halsband ihrer Mutter vorzustellen.

»Du bist zu dunkel, um Perlen zu tragen«, sagte sie schließlich, »und du hast einen zu kurzen

Hals, ich glaube nicht, daß es dir stehen würde.«

»Wenn ich eines hätte, würde es mir gut stehen.« Annette lachte gezwungen und sagte: »Aber diese Gefahr besteht nicht.«

»Du kannst es versuchen, wenn du willst«, sagte das Kind. »Es liegt im Nachttisch.«

»Im Zimmer von Madame?«

»In der Schublade.«

Annette sah sie betroffen an. »Du hättest es mir nicht sagen dürfen, mein Kleines«, sagte sie mit weinerlicher Stimme. »Ach nein, das hättest du nicht machen dürfen. Was wird jetzt aus mir werden? Ach, ich Arme, was wird aus mir werden?«

Sie fuhr fort zu jammern, aber durch ihre Betroffenheit hindurch begann eine Freude sie zu füllen, die sie nicht mehr zurückhalten konnte, und Diane dachte, daß Annette mit ihrem plötzlich starren Blick eigentlich irgend etwas Besonderes sehen müsse: ein Einhorn zum Beispiel.

Sie hielt es noch eine Woche lang aus, bis zum folgenden Sonntag. Bei Tagesanbruch schlüpfte Diane in ihre Kammer. Sie setzten sich nebeneinander ans Fenster, den Kopf gesenkt. Von

Zeit zu Zeit sagte Diane: »Ich glaube, ich höre etwas.« Sie wagte nicht zu sagen: jemand.
Es war ein Fußgänger, ein Hund, ein Radfahrer.
Sie hatten nicht einmal das Foto des Prinzen Abdallah, das ihnen hätte Gesellschaft leisten können: er hatte es mitgenommen.
Diane dachte nach.
»Er kommt nicht, weil er böse ist.«
Auch das Mädchen war dieser Ansicht.
»Er bestraft mich«, sagte sie.
»Wenn ich Zauberin wäre und wenn du es ohne meine Erlaubnis jemandem gesagt haben würdest, hätte ich nie wieder mit dir gesprochen.«
Die junge Frau sagte nichts. Sie wird gleich weinen, dachte Diane.
»Aber wenn er doch immer am Monatsende kommt«, sagte sie.
Annette lächelte bitter.
»Ihn interessiert nur das Geld. Ehe ich hierher kam, wollte er, daß ich auf die Straße gehe.«
Die Ägypter bauen Straßen, und ihre Frauen gehen darauf.
»Ich weiß«, sagte das kleine Mädchen.
Madame Devilliers war zum Essen bei Tante Lydia. Sie aßen in der Küche die kalten Reste der Mahlzeit vom vorigen Tag. Annette rührte kaum etwas an. Sie raffte ihren schwarzen Rock

an der Taille zusammen und sagte: »Schau, wie mager ich geworden bin.«

»Du mußt essen«, riet ihr Diane.

Darauf die andere: »Ich kriege nichts herunter.«

Gegen Ende des Tages faßte sie einen Entschluß. »Ich werde vor Madame wieder zurück sein. Falls er anrufen sollte, sag ihm, daß ich weggegangen bin, um auf ihn wie gewöhnlich zu warten.«

Diane wollte wissen, warum sie es nicht schon früher getan habe. Die junge Frau erklärte, der Prinz Abdallah habe es ihr verboten; sie sprach widerstrebend.

»Und wenn er kommt, während du nicht da bist?«

Annettes Gesicht zeigte Ungewißheit.

»Glaubst du?«

Diane schwieg und überließ sie ihren einander widerstrebenden Gedanken, sah, wie sie etwas sagen wollte, schwächer wurde, zögerte. Schließlich lief sie eilig weg, ihre Beine trugen sie nur mit Mühe.

Die Nacht hüllte das Haus ein. Zuerst war der große Baum verschwunden und zog den Garten in den großen Schiffbruch nach, die Fenster im ersten Stock wurden dunkel nach jenen im Parterre; die Dachluke ließ noch ein wenig Licht durchschimmern und wurde dann ihrerseits dunkel. Diane stieg in den Salon hinab, öffnete eine der Glastüren, und die nächtliche Luft floß ins Zimmer mit den Gerüchen von Pflanzen und Erde. Die Vögel waren verstummt. Ein Flugzeug durchquerte den Himmel, ganz weit oben, und blinkte mit seinen roten und grünen Lichtern; seine Motoren schnurrten leise. Nach den Dingen verschwammen auch die Geräusche des Tages. Bald blieb Diane allein.

Sie hatte Hunger und öffnete die Tür des Kühlschranks. Eine kleine Birne im Innern ging an und erleuchtete eine Karaffe mit Milch, ein Stück Butter, ein Bündel Radieschen und die im Eisfach liegende Champagnerflasche der Madame Devilliers. Diane nahm die Milch und stieg zum Zimmer ihrer Mutter empor. Tastend fand sie die Schublade des Nachttisches, die immer einen Vorrat billiger Schokolade enthielt: Madame Devilliers hatte seit ihrer beengten Kindheit eine Leidenschaft für Schokolade; später hatte sie sich mit Hilfe des Ruhmes kostspieligere Angewohnheiten zugelegt, die des Champagners zum Beispiel, aber sie gab nicht viel darauf, und wenn sie auch fortfuhr, stets eine Flasche im Kühlschrank aufzubewahren, ohne daran zu rühren, so weniger aus Neigung als vielmehr, um nicht auf sich selber den Eindruck eines gesellschaftlichen Niedergangs zu machen, während sie Schokolade wirklich liebte, und zwar die gewöhnlichste. In der Tat fühlte Diane unter ihren Fingern eine angebrochene Tafel und begann, nachdem sie sich auf den Bettrand gesetzt hatte, zu essen und die Milch direkt aus der Karaffe zu trinken. Ein Auto fuhr durch die Straße, das Licht der Scheinwerfer glitt an den Wänden des Zimmers entlang und verschwand.

Diane aß die ganze Tafel auf, ausgenommen einen einzigen Riegel, den sie in das Silberpapier packte und wieder in die Schublade legte. Ihre Hand berührte etwas Kaltes: das Perlenhalsband. Sie nahm es und rieb die Perlen zwischen den Fingern, um sie zu erwärmen. Sie glaubte, ein Geräusch im Parterre zu vernehmen. Dann sagte sie sich, daß es die Glastür des Salons sein müsse, die sie offengelassen hatte. Im gleichen Moment schlug am Kirchturm die Uhr des Uhrmachers Brand die Stunde.

Diane legte das Halsband an, kletterte auf das Bett der Mutter, schlüpfte zwischen Bettdecke und Plumeau und schlief sofort glücklich ein.

Sie fühlte etwas Kühles auf ihrem Gesicht und erwachte. Ihre Mutter stand über sie gebeugt und küßte sie lachend.
»Mein Gott, seht doch«, sagte sie, als sei sie von allen möglichen Leuten umgeben, »sie hat sich nicht einmal ausgezogen. Seht doch, seht doch«, wiederholte sie, indem sie die Silben modulierte und leise fortfuhr, tief aus der Kehle zu lachen, »sie hat mein Halsband angelegt.«
Diane hatte sich im Bett mit einem feindseligen Ausdruck aufgesetzt. Madame Devilliers nahm neben ihr Platz, umschlang sie mit beiden Armen und drückte sie an ihren Mantel, der gut nach Kälte, Nacht und Pelzwerk roch, und sagte: »Und jetzt schnell ins Bettchen.«
Sie legte Diane in ihr Bett, zog ihr die Decke zurecht, aber statt sie zu küssen und wegzugehen, fuhr sie fort zu reden, erzählte, was sie am Tage erlebt und wen sie bei Tante Lydia gesehen und was man gegessen und wie sie beabsichtigt hatte, zur Stunde der Abendmahlzeit zu Hause anzurufen, aber es nicht tat, weil sie begonnen hatte, sich mit einem Antiquar zu unterhalten, den sie zum erstenmal gesehen hatte, der aber alle ihre Filme kannte und nicht glauben wollte, daß sie es wirklich sei.
»Ich habe so jung angefangen«, sagte sie mit

belebter Stimme, »daß die Leute glauben, ich müsse mindestens hundert Jahre alt sein, und dabei war ich noch ein kleines Mädchen in deinem Alter, als die Garbo schon berühmt war, und die Garbo ist noch lange keine alte Frau.« Das eben hatte sie Roland Meyrargues, dem Antiquar, gesagt, der sich extra von Tante Lydia hatte einladen lassen, um sie kennenzulernen, aber er hatte nicht gleich gewagt, es zuzugeben, um kein zurückweisendes Wort einzustecken, er zog vielmehr vor, den Überraschten zu spielen, allerdings ohne allzu großen Nachdruck; er war verheiratet gewesen, seine Frau, eine Italienerin, war zurück nach Florenz gegangen, und er lebte allein mit seinem kleinen Jungen, der nächste Woche gerade Geburtstag haben würde: natürlich war Diane eingeladen.

»Ich dürfte mich nicht so zu Hause einschließen, aber ich neigte immer zur Zurückgezogenheit, und das hat mir enorm geschadet«, sagte Madame Devilliers. Sie senkte die Stimme, als handle es sich um ein Geheimnis. »Man behauptet, Abwesende hätten immer unrecht«, fuhr sie fort, »und in meinem Fall ist das wahr. Wenn ich bereit gewesen wäre, mich dort zu zeigen, wo es Mode war, und Journalisten zu empfangen und mich vor allem ein bißchen um mei-

ne Publizität zu kümmern, hätten sich die Dinge anders entwickelt«, sagte sie und vergaß dabei die vertanen Telefonanrufe, das vergebliche Lächeln, die verschwendeten Blicke, damals, als der Erfolg ohne Grund zurückging, gerade so, wie er gekommen war. »Der Film«, erklärte sie, »verbraucht eine schreckliche Anzahl von Stars, und mein größter Fehler war meine Weigerung, Theater zu spielen. Dabei hat es mir nicht an Gelegenheiten gefehlt, und wenn ich sie damals wahrgenommen hätte, wäre ich heute eine junge Schauspielerin, statt ein alter Filmstar zu sein«, schloß sie kokett, indem sie genau das wiederholte, was sie am Abend bereits Roland Meyrargues gesagt hatte.
Aber Diane widersprach nicht, und ihre Mutter konnte sich nicht enthalten, sie mit einem schwachen Lächeln zu fragen: »Weißt du, was er mir geantwortet hat?« Sie vermied, den Antiquar zu nennen, an den sie dachte, ein Versäumnis, das ihre Tochter zu bemerken nicht verfehlte. »Daß ich jünger aussehe als in ›Eine erste Liebe‹ und daß er sich neben mir alt vorkomme. Und dabei ist er erst zweiunddreißig«, sagte sie und senkte von neuem die Stimme, »aber er sieht älter aus, du wirst sehen.«
Und Alice Devilliers redete weiter, hübsch und

glücklich, verjüngt durch das rosafarbene Licht der Nachttischlampe.
Diane hatte sich von ihr weggeschoben und fuhr mit dem Finger über das Bettuch.
»Wie alt ist der kleine Junge?« fragte sie schließlich.
Ihre Mutter war nicht ganz sicher: vier Jahre vielleicht, aber sehr weit für sein Alter.
»Ich bin zu alt für ihn«, sagte Diane, und da ihre Belebung mit einem Schlag geschwunden war, ging Madame Devilliers zu Bett.

Sie erwachte von neuem mitten in der Nacht und fühlte, daß sie nicht allein war. Die Dunkelheit war so tief, daß sie nicht sehen konnte, ob die Tür offenstand oder nicht; wenn sich die Wände um sie geschlossen hätten, hätte es nicht dunkler sein können. Obwohl die Stille so tief war wie die Dunkelheit, wußte Diane, daß jemand im Zimmer war.
»Annette«, sagte sie leise.
Gleichzeitig ertönte das hastige Flüstern des Mädchens: »Ist er gekommen, mein Liebling? Hat er nicht angerufen?«
»Nein«, erwiderte sie, »weder noch.«
Schon war Annette neben ihr, halb sitzend, halb liegend, die Lippen neben dem Ohr des Kindes.

»Ich weiß auch nichts von ihm«, sagte sie. »Er ist nicht gekommen. Ich habe auf ihn bis zum Schluß gewartet, aber er ist nicht gekommen. Er ist nicht gekommen, mein Liebling«, wiederholte sie noch einmal, als habe sie Mühe, es zu glauben.

»Welcher Schluß?« fragte Diane.

»Bis zum Ladenschluß natürlich«, erwiderte Annette und dachte an das kleine Mädchen nur so lange, wie sie es auf den Hals küßte, um in Gedanken sofort darauf in das Café zurückzukehren, wo sie, zwischen Theke und Juke-Box sitzend, stundenlang jedesmal gezittert hatte, wenn sich die Tür öffnete. »Sie schließen sonntags um eins«, sagte sie, »da habe ich ihm ein Wort hinterlassen und bin weggegangen.«

»Welches Wort?« fragte Diane und hatte den Eindruck, daß Annette, plötzlich verstummt, sie im Dunkeln ansah.

»Wie, welches Wort?« fragte die junge Frau vorsichtig.

»Weißt du«, sagte das kleine Mädchen, »es gibt Worte zum Öffnen, ›Sesam‹ zum Beispiel, es muß auch Worte zum Schließen geben.«

»Ich weiß, ich hätte früher zurückkommen sollen«, sagte Annette, als habe sie nicht verstanden, und Diane dachte, daß sie extra von etwas anderem redete, »aber ich glaubte, er würde kommen, und ich mußte zu Fuß zurückgehen: ich brauchte eine Stunde.«

»Tun dir die Füße weh?«

»Wenn es nur die Füße wären!« rief die junge Frau in einer Art von Ausbruch. »Ach, das kann man wohl sagen«, fuhr sie fort, ohne genau zu sagen, worum es sich handelte, wobei sie vergaß, die Stimme zu senken: von neuem war sie in dem Café, wo die Juke-Box eine Melodie spielte, bei der man weinen mußte, den Kopf auf den Armen über dem Marmortischchen. »Barfuß hätte ich diesen Weg gemacht, barfuß, mein Kleines«, setzte sie hinzu.

Sie atmete heftig, über Diane gebeugt, und diese, die ihren eigenen Gedanken folgte, nahm die Pause wahr, um zu fragen: »Gibt es das auch, das Wort?«

»Welches Wort?«

»Das Wort, das du ihm beim Weggehen hinterlassen hast.«

Sie merkte, daß Annette aufstand. Eine Lampe an der Wand über dem Bett ging an. Die junge Frau kam zurück und sah Diane an. »Warum fragst du mich das?« sagte sie schließlich.

Diane gab ihr den Blick zurück, geheimnisvoll, unerforschlich. Annette zögerte.

»Du darfst ihm nicht böse sein«, sagte sie, als habe sie auf ihre Weise das Schweigen des Kindes interpretiert. »Es liegt nicht an ihm. Er ist wirklich nicht so, in seinem gewöhnlichen Zustand hätte er nicht einmal daran gedacht, aber er ist so verzweifelt«, sagte sie traurig. »Du kannst nicht begreifen, was das bedeutet«, fuhr sie fort, »aber es ist schon allzu lange her, daß er nicht mehr gearbeitet hat, kein Mensch mehr will seine Tricks sehen.«

Diane wurde lebhaft und sagte: »Warum will sie keiner mehr sehen?«

»Sie behaupten, es wäre veraltet; heutzutage will man im Zirkus andere Dinge sehen oder aber Clowns, Clowns sind immer gefragt, aber wenn er mit seinem Umhang und seinem Zauberstab ankommt, lacht schon alles, und er hat seinen Stolz, was das betrifft, o ja, er hat seinen Stolz; es ist nicht nur die Verzweiflung, die ihn quält, der Stolz quält ihn hundertmal mehr«, fuhr Annette fort.

Sie war schon wieder geistesabwesend, war weiter weg als das Café, als die Stadtgrenze, und um sie in die Gegenwart zurückzurufen, mußte Diane sie an der Schulter fassen und schütteln, und dann fragte sie: »Wie ist er eigentlich, sein Zauberstab?«

Überrascht sagte Annette vage: »Ach, so wie alle.« Sie schüttelte den Kopf, um irgendeine lästige Erinnerung zu verjagen.
»Hier sitze ich nun und rede von meinen Angelegenheiten«, sagte sie und fiel in ihren normalen Tonfall und sofort auch ins Flüstern zurück, »und frage dich nicht einmal, wie du den Tag verbracht hast. Ist deine Mama wieder da?« setzte sie, plötzlich unruhig, hinzu, aber ihre Besorgnis klang falsch nach der Qual, die sie zuvor ausgedrückt hatte. »Hat sie nach mir gefragt?«
Da begriff Diane, daß die junge Frau ihre Fragen nicht beantworten würde, sei es, daß sie es nicht durfte, sei es, daß sie die Antwort nicht wußte. Sie setzte sich in ihrem Bett auf und sagte, um zu zeigen, daß man sie nicht anführen könne, und auch um sich, wenn möglich, zu rächen: »Du wirst schon sehen, er wird es nie finden, das Wort, das du ihm zurückgelassen hast.«
Annette hatte Diane den Rücken zugekehrt und wollte gerade das Licht löschen; sie blieb mit ausgestrecktem Arm stehen, zwei Finger in der Luft, und drehte sich schnell auf dem Absatz herum, um das kleine Mädchen anzusehen, aber nicht von vorn, eher zu drei Vierteln; jetzt

erst schien sie sich zu erinnern, daß sie den Arm immer noch ausgestreckt hielt, und zog ihn langsam mit Anstrengung vor die Brust; ihre Finger verkrampften sich so stark in ihr Kleid, daß sie an den Gelenken weiß wurden, und zerknüllten den dünnen Stoff.
»Nun gut, ja«, sagte sie in herausforderndem Ton, »ich sagte ihm, daß ich wüßte, was er wissen wollte, und wenn er die Information haben wolle, brauchte er mich nur zu besuchen.«
Diane betrachtete fasziniert, wie die große, steif dastehende Puppe vor ihr nachgab, einknickte; sie fühlte an ihrer Wange die brennende Wange Annettes, vernahm ein undeutliches Stammeln:
»Was werde ich ihm sagen, mein Kleines? Was werde ich ihm nur sagen?«
»Du weißt es nicht?« fragte das kleine Mädchen.
Annette sah sie ängstlich an. »Natürlich weiß ich es«, sagte sie. Sie wiederholte, wie es ihre Angewohnheit war: »Natürlich weiß ich es, und du allein weißt ja, daß ich es weiß.«
»Also brauchst du es ihm ja nur zu sagen«, unterbrach Diane sie ungeduldig, ärgerlich darüber, daß sie Annettes Anspielungen nicht verstand, aber entschlossen, ihr keine Fragen zu stellen.

Diesmal sagte die junge Frau nichts. Gleich darauf überraschte Diane im Spiegel ihren spähenden Blick.

Er rief am nächsten Tag nach Mittag an.
Diane war zu ihrer Mutter hinaufgegangen, die gerade aufgewacht war, und Annette hob den Hörer ab. Wenn sie auch lange den Augenblick erhofft und vorausgesehen hatte, war sie nicht auf ihn vorbereitet. Ihre Aufregung war so groß, daß sie stotterte. Er dagegen sprach viel, scherzte, stellte Fragen, aber anstatt sie zu beantworten, konnte sie nur wiederholen: »Bist du es, Prinz? Ist es wirklich wahr, daß du es bist?«
Ungeduldig fragte er sie schließlich, was sie eigentlich habe und ob sie allein im Zimmer sei.
»Ja, ich bin allein«, antwortete sie.
Dies waren die ersten Worte, die Diane beim Näherkommen hörte: sie hatte das Läuten gehört, und da Annette nicht kam, um der Mutter den Anruf zu melden, hatte sie begriffen, wer der Anrufer war. Sofort war sie herbeigeeilt, weniger aus Neugier als vielmehr, weil sie sich seit zehn Minuten den Kopf zerbrach, um herauszukriegen, wie sie mit dem Prinzen Abdallah in Verbindung treten könne. Außer Atem, stieß sie hervor: »Ist er es?«

Annette, die gerade behauptet hatte, sie sei allein, machte ihr ein Zeichen, Ruhe zu halten, wegzugehen: sie wagte nicht, mit ihr zu reden, aus Angst, den Verdacht des Mannes zu erregen, aber Diane war selber viel zu aufgeregt, um darauf zu achten.

»Ich muß dir etwas sagen«, verkündete sie.

Die junge Frau winkte mit der Hand, um sie zum Schweigen zu bringen, und die ferne, undeutliche Stimme des Prinzen Abdallah tönte aus dem Hörer.

»Ja«, sagte Annette. »Ja, ich höre.«

Sie wiederholte noch zwei- oder dreimal »Ja«, immer widerstrebender, und ihr auf Diane gerichteter Blick wurde immer bittender. Ihr Gesprächspartner mußte am Ende seiner Geduld sein, denn sie sagte: »Nein, nein, ich habe dich nicht belogen.« Und, sehr schnell: »Nein, ich bitte dich, häng nicht ab.«

Diane hatte selber Angst, ihn von neuem verschwinden zu sehen, und sie wiederholte nachdrücklich: »Ich muß dir sofort etwas sehr Wichtiges sagen.«

Auf diese Weise von zwei Seiten bedrängt, wagte Annette nicht, dem Mann in Gegenwart des Kindes zu antworten noch mit diesem in der Nähe des Telefons zu sprechen. Sie ließ den

Hörer los, nahm ihn wieder auf und stammelte: »Man ruft mich, warte, ich komme wieder.«
Sie ließ den Hörer an der Schnur baumeln, faßte Diane am Arm und zog sie in Richtung der Tür. Sie blieb auf der Schwelle stehen, als hätte sie Angst, das Telefon aus dem Auge zu lassen, und flüsterte: »Sag schnell, was du sagen willst.«
Diane machte sich mit einem Stoß frei – sie konnte nicht vertragen, so angefaßt zu werden – und sagte: »Ich will überhaupt nichts.«
Ihre Aufregung war plötzlich dahin, und sie wußte nicht mehr genau, was sie da eigentlich zu suchen hatte.
»Dann geh jetzt, mein Kleines«, sagte Annette, »ich muß mit ihm reden.«
Sie konnte ihre Augen von dem Telefonhörer nicht losreißen, der immer noch, aber immer schwächer hin- und herpendelte. Sie machte ein paar Schritte auf ihn zu.
»Hat er dein Wort gefunden?« fragte Diane.
Annette blieb plötzlich stehen, blickte auf das Kind, dann auf den Apparat und wieder auf Dianes Gesicht mit einer Bewegung, die der Bewegung des hin- und herschaukelnden Hörers ähnelte; in ihren Zügen war ein solcher Ausdruck von Verzweiflung, daß das kleine Mäd-

chen sich an sie schmiegte und ihr mit einer Stimme, die vor Bewegung zitterte, verkündete: »Ich habe Arbeit für ihn gefunden.«
Das war ein großes Wort, und als Annette wußte, worum es sich handelte, war sie eigentlich enttäuscht, aber im Augenblick verspürte sie mehr noch als Freude eine ungeheure Erleichterung, als sei sie einer tödlichen Gefahr entgangen. Daß ihr Heil auf irgendeine geheimnisvolle Weise von diesem blonden und hellhäutigen Wesen kam, das auf Zehenspitzen nach vorn gebeugt stand, als sei es bereit davonzufliegen, trug zu diesem Gefühl nur bei. Sie jubelte auf und vergaß den Hörer, der nun unbeweglich parallel zur Wand hing.
Diane rief sie in die Gegenwart zurück.
»Sag ihm, daß er seine Tricks vorführen kann«, sagte sie. »Nächsten Donnerstag. Mama wird dir die Adresse geben.«
Und sie kehrte zu Madame Devilliers zurück, um ihr anzukündigen, daß Prinz Abdallah mit seinem Umhang und seinem Zauberstab sich bereit erklärt habe, zum Geburtstag des kleinen Meyrargues zu kommen.

Yves Meyrargues war ein dicker kleiner Kerl mit hängendem Mund und feierte seinen dritten

Geburtstag: in ihrem Wunsch, die Zustimmung Dianes zu erhalten, hatte Madame Devilliers ihn um ein Jahr älter gemacht, so wie sie im Gespräch mit dem Antiquar ihre Tochter um ebenfalls ein Jahr jünger gemacht hatte. Wie zu erwarten war, hatten Yves' Gäste sein Alter, einige hatten sogar noch einen langen Weg vor sich, um es zu erreichen; erst seit kurzer Zeit dem Mutterschoß entronnen, bewegten sie sich voller Vorsicht von der Stelle und bedienten sich einer dunklen Ausdrucksweise. Die Eltern begleiteten sie, manchmal auch eine Großmutter: sie hatten in der Art eines antiken Chores keine andere Daseinsberechtigung, als das Lob ihrer Helden zu singen und, wenn nötig, sie auf die zahllosen Fallstricke des Schicksals aufmerksam zu machen. So gab es denn ununterbrochene »Gib Obacht!« und »Meiner lief schon mit einem Jahr« und »Habe ich es dir nicht gesagt!« Was jene betraf, die den Gegenstand dieser Aufmerksamkeit darstellten, ließen sie, gleichermaßen gleichgültig gegenüber Lob- wie Tadelsprüchen, sich die Prophezeiungen der Alten erfüllen und begaben sich, jeder für sich, auf die Entdeckung der Welt.

Sie waren von der Art jener, die noch ihren Nachmittagsschlaf halten, und sie alle waren ungefähr gleichzeitig gekommen, rosiger und wärmer noch als zu anderer Zeit. Nach einem ersten Ausflug zur Toilette begann man, sie zu füttern, und sie hatten riesige Mengen von warmem Backwerk und Schlagsahne vertilgt, die die Ausmaße ihres eigenen Umfangs beträchtlich überstiegen. Beschwert und mit überanstrengtem Magen waren sie jetzt dabei, zu verdauen, und leisteten allen Versuchen der Großen, einige gemeinsame Spiele zu organisieren, Widerstand, wobei sie sich sogar weigerten, ihre Stimmen der süßlichen Stimme einer Dame zuzugesellen, die in einem Grammophon ihrer Mama alberne Fragen bezüglich kleiner Schiffchen stellte.

Es war vorauszusehen gewesen, und jedermann beglückwünschte den Herrn des Hauses, eine Attraktion für die Kleinen vorbereitet zu haben. Man wußte nicht genau, worum es sich handelte; die meisten erwarteten eine Filmvorstellung, um so mehr, als Alice Devilliers anwesend war: Meyrargues hatte mitgeteilt, die Idee stamme von ihr. Sie dagegen schrieb mit dem Lächeln einer Frau, die viel zu charmant ist, um Ideen zu haben, das Verdienst der Erfindungsgabe ihrer kleinen Tochter zu. Die Gäste wandten sich um und betrachteten Diane. Sie litt. Der Anblick der kleinen Fresser war ihr ebenso peinlich wie die Scherze und die Lügen ihrer Eltern; sie selber hatte weder ein Wort gesagt noch etwas gegessen. Nichts aber ärgerte sie mehr, als ihre Mutter und Meyrargues ständig zusammen zu sehen, wie sie sich mit leiser Stimme unterhielten, er ständig um sie bemüht, sie bei der geringsten Bemerkung ihr ein wenig heiseres Lachen lachend, das Diane so liebte, ohne zu wissen, daß Millionen von Leuten es vor ihr bewundert hatten. Ihr schien, jedermann müsse ihr Verhalten bemerken, müsse gewahr werden, daß Madame Devilliers mit allzu großer Hingabe lachte, allzu beflissen antwortete, und sie starb vor Scham.

Sie bedauerte jetzt, ihrer Mutter mitgeteilt zu haben, sie sei bereit, zu den Meyrargues mitzukommen unter der Bedingung, daß Annettes Mann eingeladen würde, um sein Talent zu zeigen; Madame Devilliers hatte zunächst Einspruch erhoben, aber die Idee war »so durchaus Diane«, wie sie Meyrargues sagte, wobei sie ihm verschwieg, daß es sich um eine versprochene Abmachung handelte, und dies gerade im Augenblick, da das Telefon geläutet hatte und das kleine Mädchen weggelaufen war, um Annette zu benachrichtigen, ohne das Ergebnis der Demarchen ihrer Mutter abzuwarten. Und jetzt saßen sie bei dem Antiquar, und er beugte sich über Madame Devilliers, und sie wandte sich um, um ihn über die Schulter weg anzusehen, mit jener Bewegung, die der Künstler, der sie gemalt hatte, so gut getroffen hatte, sofern sie nicht selber ihr Porträt nachahmte; und Diane starb vor Scham.

Das Licht ging aus. Als eine einzige Birne wieder aufleuchtete, stand in ihrem Lichtkreis hinter einem mit schwarzem Tuch bedeckten Tischchen Prinz Abdallah. Er sah aus wie auf der Postkarte: Umhang und Zylinder, in der rechten Hand den Zauberstab, am Finger den goldenen Ring, der Blitze warf. Dianes Herz setzte aus.

Sie sah ihn an, wie er den Stab vor sich auf das Tischchen legte, seinen Umhang fallen ließ, seinen Hut abnahm, wobei er zeigte, daß er nichts enthielt, und die Zuschauer begrüßte. Sie hatte den Eindruck, daß er lächelte, als er ihrem Blick begegnete.

»Es ist heiß«, sagte er.

Aus seinem leeren Hut zog er ein weißseidenes Taschentuch, das beim Auseinanderfalten größer zu sein schien als ein Handtuch, und wischte sich damit über das Gesicht. Er suchte in der

Nähe einen Platz, um es hinzulegen, fand keinen, warf das Taschentuch in den Zylinder und berührte diesen mit dem Zauberstab. Dann kehrte er den Hut um und schüttelte ihn: er war leer.
Man hörte Gelächter der Erwachsenen und hier und da Applaus. Prinz Abdallah verbeugte sich. »Ich möchte wirklich wissen, wo es hingekommen sein kann«, sagte er, machte ein paar Schritte und blieb vor einem ganz kleinen Mädchen stehen, dem das Haar in die Augen fiel, was sie noch verführerischer machte und sie zwang, in regelmäßigen Abständen die Strähnen mit einer Kopfbewegung aus der Stirn zu werfen. Mit einer schnellen Bewegung holte er ihr aus dem Ohr zuerst das weiße Taschentuch, dann Schlag auf Schlag zwei andere, das eine blau, das andere rot.
Von neuem gab es Beifall, und das kleine Mädchen bewegte den Kopf und sagte, wobei es mit der Zunge anstieß: »Mama, ich will nicht, daß er mich am Ohr kitzelt.«
Prinz Abdallah grüßte noch einmal, versteckte die Taschentücher unter dem Klavier, ging zum Tischchen zurück, wo er seinen Zylinder gelassen hatte, und ließ aus ihm drei seidene Tücher hervorgehen, die er in die Luft warf und wieder

mit seinem Zauberstab einfing, an dem sie dann haftenblieben, und zwar nicht einzeln, sondern zusammengenäht, und auch nicht kunterbunt durcheinander, sondern das weiße in der Mitte, das blaue links, das rote rechts. Unter dieser Trikolore nahm Prinz Abdallah Habachtstellung ein, wartete den Beifall ab, der diesmal stärker kam, dann schnipste er mit den Fingern, was das Verschwinden des nationalen Emblems zur Folge hatte.

Schon seit einiger Zeit schlug Dianes Herz wieder regelmäßig. Die Kinder, die in ihrer Nähe saßen, schwiegen, einige hörte man auf ihrem Sitz hin und her rutschen. Im Hintergrund des Zimmers gewahrte man die belebten und aufmerksamen Gesichter der Eltern.

Der Zauberkünstler näherte sich Yves Meyrargues, zeigte ihm ein Spiel Karten und bat ihn, eine Karte zu wählen. Das Kind betrachtete ihn ruhigen Blicks. Seine Gouvernante, die sich zur Seite gestellt hatte, um den andern nicht den Blick zu verlegen, aber nicht wagte, sich zur Gruppe der Gäste zu gesellen, ging auf Yves zu und sagte mit singender Stimme, während sie die Hand des Jungen in die ihre nahm: »Jetzt sind wir schon richtig erwachsen, wir können schon die Karten erkennen.«

Sie wählte sorgfältig eine aus, die Prinz Abdallah allen zeigte, ohne sie selber anzusehen.
»Ich stecke sie ins Spiel zurück, und jetzt decke ich die Karten auf«, sagte er.
Diane schielte zu den Großen hin. Sie sahen interessiert aus, und Madame Devilliers sagte in ein wenig zu bewunderndem Ton: »Ich verstehe einfach nicht, wie er das macht.«
Ein ganzer Flug von Karten flitzte vor Diane vorbei. Sie wandte sich ab: wenn Prinz Abdallah sie aufziehen wollte, sollte er wenigstens wissen, daß sie nicht darauf hereinfiel.
Neben ihr knarrte ein Stuhl. Das kleine Mädchen, aus dessen Ohr einige Augenblicke zuvor so viele Taschentücher hervorgegangen waren, hatte sich aufrecht hingestellt, den Rücken zur Vorstellung, und suchte, indem sie ihre Strähnen in regelmäßigen Abständen zurückwarf, jemand im Hintergrund des Zimmers. Ihre Altersgenossen um sie her gähnten, kratzten sich verschiedene Körperpartien, reckten und dehnten sich. Ihre Unruhe wurde derart deutlich, daß nach Diane und der Gouvernante die Verwandten selbst es schließlich bemerkten, und Meyrargues sagte widerstrebend, denn ihm für seinen Teil gefiel die Vorstellung sehr: »Entschuldigen Sie, wenn ich Sie unterbreche, mein

Lieber, aber ich habe den Eindruck, daß Ihr Publikum für Kartenkunststücke ein wenig zu jung ist.«
Er sprach in einem herablassenden Ton, der Diane mißfiel. Sie hoffte, Prinz Abdallah würde den Antiquar auf der Stelle zerschmettern. Aber Annettes Mann fuhr mit dem Daumennagel über seinen Schnurrbart und sagte in der halb unterwürfigen, halb unverschämten Art, die sie an ihm kannte: »Der Herr haben recht. Wir werden etwas anderes versuchen.«
Er stellte sich hinter das Tischchen, nahm seinen Hut in die eine, den Stab in die andere Hand und schien nachzudenken. Sein Gesicht war finster. Der Ring an seinem Finger funkelte in unerträglichem Glanz. Diane erbebte. Jetzt, dachte sie, jetzt wird er das Wort sagen, und die Mauern werden auseinandergehen, und man wird eine Stadt in einer Wüste erblicken. Sie reckte sich, um besser sehen zu können.
»Abrakadabra«, sagte der Zauberkünstler und ließ das R rollen. Einen Augenblick lang glaubte Diane wahrzunehmen, wie die Wände des Zimmers auseinandergingen. Sie stieß einen Schrei aus, zog die Luft ein und vergaß, wieder auszuatmen.
Prinz Abdallah hatte mit der Hand in den Zy-

linder gegriffen und schien auf etwas zu warten. Sein Gesicht drückte Überraschung aus, und im gleichen Augenblick zog er aus dem Hut ein Kaninchen, das er an den Ohren hielt und das seinerseits keineswegs überrascht schien, denn es zappelte nicht einmal. Beifall klang im Hintergrund des Zimmers auf.

»Ein Kaninchen«, bemerkte Dianes Nachbarin und schüttelte ihre Strähnen mit einer brüsken Bewegung. Mehrere noch jüngere Stimmen bestätigten: »Ein Kaninchen.«

Von diesem ersten Erfolg ermutigt, ging Prinz Abdallah von neuem an die Arbeit. Er formte das Tier in einen Wecker um, dessen Läutwerk er ertönen ließ, bevor er es dann wieder in ein Kaninchen umwandelte, das ebenfalls läutete. Nachdem er Uhr und Tier hatte verschwinden lassen, ging er durch das Zimmer und entdeckte sie wieder, die eine im Klavier, das andere unter dem Geschirrschrank, und ließ beide endgültig, konnte man glauben, in den Tiefen seines Hutes verschwinden. Aber dem war nicht so, und Diane folgte resigniert und zerstreuten Blicks der endlosen Unbeständigkeit des ungleichen Paares, von dem jeder Teil das Aussehen des andern annahm, ohne daß beide sich jemals fanden. Jetzt, nachdem sie den Ausdruck des Prinzen

Abdallah einige Minuten zuvor beobachtet hatte, als er nachdachte und seinen Ring blitzen ließ, wußte sie, daß er der Herr der geheimen Worte war, aus denen Städte erstanden; sie wußte mit gleicher Gewißheit, daß er sie nicht aussprechen würde, zumindest nicht an diesem Tag, nicht vor diesen Leuten, die nicht aufhörten, zu lachen und zu applaudieren, und die vor Freude trampelten, als sich zu ihren alten Freunden, dem Kaninchen und dem Wecker, und zwar endgültig, eine richtige Flasche Champagner demi-sec gesellte, bei deren Anblick man sich fragte, wie sie überhaupt in den Zylinder passen konnte.
Die Kinder schwiegen. Wenn sie Dianes Alter ohne ihre Intransigenz gehabt hätten, würden sie wie ihre Eltern in die Hände geklatscht und gelacht haben, aber sie waren viel zu jung und wußten noch nichts von jenen Gesetzen, die zu übertreten Prinz Abdallah sich solche Mühe gab. Für sie war ein Läuten nicht merkwürdiger, wenn es aus einem Nagetier kam, als wenn es aus einem Uhrwerk gekommen wäre; und da ein kleines Kind vom Storch gebracht werden konnte oder auch aus dem Leib einer Frau kam, konnte auch nichts ein Kaninchen daran hindern, aus einem Hut aufzutauchen. Ernst,

gleichmütig, unbeteiligt beobachteten sie die Flasche Champagner, die sich vor ihren Augen in Nichts auflöste, aber ihr Verschwinden schien ihnen nicht weniger der Natur der Dinge gemäß zu sein als ihre Existenz selbst.
Der Zauberkünstler schien zu fühlen, daß »sein Publikum«, wie es der Hausherr genannt hatte, ihm entglitt, und er verdoppelte seine Anstrengungen. Von jetzt an hatten Hut und Stab, Kaninchen und Wecker, ohne die Flasche demi-sec zu vergessen, keine Ruhe mehr. Kaum verschwunden, nahmen sie von neuem Gestalt an, um sofort wieder zu verschwinden, von neuem aufzutauchen und wieder ins Nichts zu vergehen. Prinz Abdallah vergaß bereits, dabei zu lächeln.
Im Hintergrund des Zimmers applaudierte man immer noch, aber gewissermaßen widerstrebend, und das Lachen klang weniger sicher. Diane hörte kaum hin. Sie hatte Augen nur für das Gesicht des Zauberers, für seine Hände, an denen der Ring blitzte, und sie wagte nicht, einem Blick zu begegnen, nicht einmal ihrem eigenen im neben ihr hängenden Spiegel, als sei in dem Schauspiel, von dem sie sich nicht trennen konnte, und mehr noch in der Faszination, die es auf sie ausübte, etwas Unbekennbares. Sie

entsann sich plötzlich des Rätsels, das er ihr an der Tür zu Annettes Kammer aufgegeben hatte und das sie auswendig wußte. Sie begriff, daß er der Vogelsteller von Bourg d'Oisans war, und das Warten erschien ihr unerträglich. Um Diane herum begannen die Kinder unruhig zu werden. Ein paar waren aufgestanden, andere auf ihre Stühle gestiegen. Man fühlte, daß ein gemeinsamer Kummer sie beschäftigte, unbewußt zwar, aber nichtsdestoweniger aus tiefster Seele kommend. Der Zauberer bemerkte es und setzte jetzt, da er sich unmittelbar vor dem Erfolg glaubte, alles auf eine Karte. Hart, gespannt ließ er seinen Stab auf den Tisch knallen und gab immer wildere »Abrakadabras« von sich, während seine zufällige Menagerie, vor Angst verrückt, sich um ihn drehte und auf sein Kommando aus dem Sein ins Nichts und aus dem Nichts ins Sein sprang.

Es hätte böse geendet, wenn nicht die Gouvernante, die sich einen Augenblick lang aus der Gewalt des Prinzen Abdallah löste, den Gästen ihres Schützlings einen Blick zugeworfen hätte. Ihr erfahrenes Auge erfaßte sofort die Situation. Sie stürzte hinzu. Der zweite Rundgang zur Toilette begann.

Als die Kinder ins Zimmer zurückgekehrt

waren, hatten sie ihr Gleichgewicht wiedergefunden und beschäftigten sich zum Teil damit, in der Nase zu bohren oder das Teppichmuster zu betrachten oder aber an einem Stück Roßhaar zu ziehen, das aus ihrem Sitz hervorstand. Sie, die sich so sichtbar langweilten, zu unterhalten, war Prinz Abdallah engagiert worden, und er sah nur sie, nur ihre Gesichter, die weder Interesse noch Neugier, nicht einmal Aufmerksamkeit ausdrückten. Er haßte sie, diese kleinen, artigen, gutgenährten und gutfrisierten Jungen in weißen Hemden und Flanellhöschen, diese kleinen, rosigen, fetten Mädchen mit goldenen Kettchen am Handgelenk oder am Hals, und da er ihre Bewunderung nicht erlangen konnte, wollte er ihnen wenigstens einen Schreck einjagen.

Er ging auf sie zu, hinter seinen gläsernen, metallenen und lebendigen Helfern, beugte sich über drei der jüngsten Zuschauer und holte ihnen die blauen, weißen und roten Taschentücher, die man für immer verschwunden geglaubt hatte, aus dem Mund. Er hielt sein Feuerzeug an die Tücher, ließ sie aufflammen, zerstreute die Asche, sagte drei Worte auf spanisch, und die Tücher quollen unversehrt aus seinem Munde hervor.

Über die flatternden Tücher weg beobachtete er die Kinder. Das kleine Mädchen schlief unter seinen Haarsträhnen, die es manchmal mit einer plötzlichen Bewegung des Kopfes aus der Stirn schüttelte. Die andern schwiegen. Ihre persönliche Erfahrung erlaubte ihnen nicht, die Zeugenschaft ihrer Sinne anzuzweifeln: die Tücher waren aus einem Munde aufgetaucht. Tauchten sie denn nicht auch täglich aus den Händen auf? Zwar waren diese Taschentücher verbrannt und dann wieder zu dem geworden, was sie vorher gewesen waren, aber inwiefern ist eine Auferstehung verblüffender als eine Geburt? Prinz Abdallah konnte sich noch so anstrengen, mit geschickten Fingern Wunder hervorzubringen, für diese kleinen Leute gab es nichts Wunderbares, weil für sie alles wunderbar war.

Er versuchte zu lächeln, grüßte noch einmal und suchte das Weite. Während er seine Geräte in den großen, schwarzen Koffer packte und die Eltern ihn beglückwünschten und Madame Devilliers, indem sie ihre Augen ganz weit aufriß, sagte: »Aber Sie sind ja ein richtiger Künstler«, wußte Annettes Mann, daß ihm seine Vorstellung und vielleicht sein Leben mißglückt war.

Das Telefon läutete oft in den nächsten Tagen. Zum erstenmal, seit Diane gelernt hatte zu sagen: »Wen darf ich melden?«, nahm Madame Devilliers selbst den Anruf entgegen. Sie schloß sich in ihrem Zimmer ein, wenn sie telefonierte. In der Küche begann Diane, noch einmal zu berichten, wie der Geburtstag verlaufen war. Annette kannte die Geschichte bereits auswendig, und wenn das kleine Mädchen ein Detail vergaß oder bisher Unerwähntes berichtete, unterbrach die junge Frau es und stellte ihm Fragen ohne Ende. Sie wollte alles wissen, wie die Wohnung der Meyrargues eingeteilt war, Anzahl und Rang der Gäste, die Toiletten der Damen und selbst, wie die Beleuchtung des Salons angebracht war.

»Also sie haben alles Licht ausgemacht«, sagte sie, »und nur die Lampe auf dem Klavier brennen lassen. Wie sieht diese Lampe aus?«

»Sie ist aus Kupfer, hat Löwenfüße und einen großen Lampenschirm mit einem violetten Samtband, das an der Seite einen Knoten hat.«

Annette schloß die Augen, um es sich besser vorstellen zu können. »Das bedeutet also, daß er rosa Licht gehabt haben muß«, sagte sie, denn alles, was sie interessierte, war die genaue Nuance des Widerscheins des Lichtes auf einem

Gesicht, dessen geringstes Detail sie besser kannte als irgend jemand sonst.
»Nein«, sagte Diane.
Sie hatte sich die Lampe ausgedacht, verschönte im Geist alle ihr zugehörigen Bezüglichkeiten, und jetzt suchte sie sie dem Rest des Bildes anzupassen.
»Nein«, wiederholte sie und schloß ihrerseits die Augen, »es war ganz gewöhnliches Licht.«
Annette kam ihr zu Hilfe.
»Der Lampenschirm war innen sicher weiß«, schlug sie vor.
»Richtig«, sagte Diane und sah einen Lampenschirm vor sich, dessen rosa gekräuselte Seide über hellen, glänzenden Kunststoff gespannt war. »Ich entsinne mich jetzt: er war hell ausgeschlagen. Und rundherum waren Fransen aus kleinen, goldenen Perlen.
»Aber du hattest gesagt, daß es ein violettes Band mit einem Knoten an der Seite war«, erinnerte Annette sie.
Diane konnte noch so sehr suchen: das Band war verschwunden mitsamt den Löwenfüßen.
»Ich habe bestimmt etwas verwechselt«, sagte sie, »die Lampe auf dem Klavier hatte Fransen und kein Band. Ach, jetzt fällt es mir ein, ich verwechselte sie mit der Lampe auf dem Ge-

schirrschrank, die einen Schirm mit einem violetten Band samt Knoten hatte. Die Lampe auf dem Klavier hatte Fransen aus Perlen, und es war die andere Lampe, die einen Fuß aus Bronze mit Löwentatzen hatte«, fuhr sie fort, je deutlicher sich ihr das Bild darbot, das sie gerade improvisierte. »Die Lampe auf dem Klavier war eine Porzellanvase, eine chinesische Vase, ziemlich hoch, rot und golden, mit Drachen an den Seiten.«

Mit zusammengekniffenen Augen betrachtete sie ihr Werk: das Krapprot der Vase biß sich mit dem Rosa des Lampenschirms.

»Aber natürlich!« rief sie. »Der rosa Lampenschirm war an der Lampe auf dem Geschirrschrank, der Lampenschirm der Vase war weiß, das heißt nicht ganz weiß, eher ein bißchen elfenbein, wahrscheinlich Pergament, da konnte natürlich das Licht nicht rosafarben sein, denn die Lampe auf dem Geschirrschrank brannte nicht, und an ihr war das violette Band mit dem Knoten.«

Einen Augenblick lang schwebten die unverwendeten Fransen aus goldenen Perlen vor ihren Augen. Sie verschwanden, und Diane blickte befriedigt auf die beiden fertiggestellten Lampen.

»Die chinesische Lampe hatte drei Birnen«, sagte sie mit halbgeschlossenen Augen, »aber es brannten nur zwei.«

»Konnte man wenigstens sehen, was er machte?« fragte Annette, und alles war von neuem anzufangen.

»Man sah sehr, sehr gut«, sagte Diane. »Zwar brannten nur zwei Birnen, aber sie waren stark, jede mindestens hundert Watt, und außerdem spiegelten sie sich auf dem Klavier, das sah aus, als würden vier Birnen brennen, das ist viel, besonders wenn man beim Zuschauen sehr achtgibt.«

»Ich wette«, sagte die junge Frau und lachte kurz auf, »daß alle sehr aufpaßten, also, da wette ich, was du willst. Ich wette, man hätte eine Fliege im Zimmer hören können.«

»Ja, ja, ja!« Und Diane trampelte vor Vergnügen mit den Füßen. »Als er zum erstenmal seinen Hut abgenommen hatte und alle ihn ansahen, um zu erfahren, was aus ihm herauskommen würde, flog eine Fliege ins Zimmer und flog hin und her und machte dabei ein Geräusch, und das war alles, was man hörte. Bs«, machte sie das Brummen des Insektes nach, einer großen, schwarzen Fliege, die ihre Kreise um die chinesische Lampe zog: »Bs, Bs!«

»Das wundert mich«, sagte Annette und hatte keine Ahnung, daß sie selbst gewissermaßen zum Entstehen der Fliege beigetragen hatte. »Die Wohnung scheint nicht sehr gut gehalten zu sein: man sieht sehr wohl, daß dort die Hand der Hausfrau fehlt.«

»Doch, doch, sie ist sehr gut gehalten«, rief Diane mit plötzlichem Ärger, »sie ist viel besser gehalten als unsere. Aber weil so viele Leute im Zimmer waren, hatte man die Fenster öffnen müssen: so ist die Fliege hereingekommen. Ich sah sogar, wie sie durchs Fenster hereinkam, wegen des Geräusches, das sie machte.«

»Er wird sicher nicht sehr zufrieden gewesen sein«, sagte Annette und kam auf das einzige Thema zurück, das sie interessierte.

»Nicht zufrieden?« wiederholte Diane. »Nicht zufrieden? Die andern waren nicht zufrieden, weil sie Angst hatten, die Fliege könne sie daran hindern, zu hören, was er sagte; aber er, was denkst du, was ihm das ausmacht, eine Fliege? Glaubst du etwa, er hätte vor einer Fliege Angst oder sogar vor einer Wespe? Die andern hatten Angst, vor allem die Kleinen, weil sie mindestens so groß war sie eine Wespe«, fuhr sie fort, während vor ihren Augen sich der schwarze Leib des Insektes dehnte, schmäler wurde, sich mit gelben Ringen schmückte, um sofort wieder in seinen ersten Zustand zurückzukehren, »aber es war natürlich eine Fliege«, sagte sie, »und als er sah, daß sie den Kindern angst machte, ließ er sie in seinem Hut verschwinden und holte den Wecker heraus, der ganz merkwürdig läutete, als säße die Fliege in seinem Innern, als sei die Fliege ein Wecker geworden, und das haben die Kinder wahrscheinlich auch gedacht, weil er sofort darauf den Wecker in ein Kaninchen verwandelte.«

»Er ist geschickt«, sagte Annette, »ja, er ist toll geschickt, aber er übt ja auch jeden Tag, so sehr fürchtet er, aus der Übung zu kommen.«

»Er sah sehr müde aus«, sagte Diane.

»Nach den Vorstellungen ist er immer erschöpft.« Unruhig setzte Annette hinzu: »Zumindest haben die Leute doch nicht bemerkt, daß er müde war?«

»Niemand hat etwas bemerkt«, beruhigte Diane sie. »Nur ich merkte etwas, weil ich ihn vorher kannte.«

Prinz Abdallah schwankte am Rande einer Ohnmacht.

»Das kommt, weil er nicht genug ißt«, sagte Annette. »Wenn ich nicht da bin, ißt er nie etwas Warmes.«

Diane stellte den Mann aufrecht hin, setzte ihm seinen Zylinder auf und drückte ihm seinen Zauberstab in die Hand. Er trat in den Lichtkreis und verbeugte sich.
»Auch er hat mich gleich erkannt«, sagte sie. »Er grüßte die Gäste, aber mich hat er erkannt unter all den Leuten, obwohl das Licht der Lampe nicht bis zu mir reichte, und er hat mir zugelächelt und verbeugte sich ganz tief vor mir ganz allein.«

Er kam am nächsten Sonntag, wenige Augenblicke nach dem Fortgang von Madame Devilliers, die den ganzen Tag wegbleiben wollte, nachdem sie jeden Abend aus gewesen war. Diane war auf dem Boden und hatte ihn nicht kommen sehen; sie begegnete ihm in der Küche und hätte ihn beinahe nicht erkannt.
Er saß auf einem Schemel neben dem Küchentisch und schien Annette zu betrachten, die sich am Ausguß zu schaffen machte. Sein Gesicht war gedunsen, und er hatte einen drei Tage alten Bart. Dieser Eindruck von Ungepflegtheit wurde verstärkt durch eine Art vestimentärer Vernachlässigung: man hätte glauben können, er habe sich mehrere Nächte hintereinander nicht ausgezogen, und seine Schuhe waren

nicht geputzt. Das war, abgesehen von den roten Äderchen in seinen Augen, das, was Diane am meisten beeindruckte: sie erinnerte sich, wie eben diese Schuhe bei seinem ersten Besuch geblitzt hatten. So blickte er sie denn an, schien sie aber nicht wiederzuerkennen, und es war Annette, die sich umdrehte und, das kleine, wie gewöhnlich auf den Fußspitzen stehende Geschöpf gewahrend, bemerkte, um seine Aufmerksamkeit zu erregen: »Diane ist da, Prinz.«

Er rührte sich nicht, und die junge Frau ging auf ihn zu, wobei sie sich die Hände an ihrer Schürze abwischte, und wiederholte in scherzhaftem Ton, der ihre Unruhe kaum verbarg: »Prinz, Diane ist da.«

Er richtete einen stumpfen Blick auf das kleine Mädchen, sagte aber nichts.

»Was hat er denn?« fragte Diane und trat näher, um besser sehen zu können. »Seine Augen sind ganz rot.«

Annette machte ihr ein Zeichen zu schweigen.

»Er fühlt sich nicht wohl«, sagte sie mit gedämpfter Stimme.

Diane trat ein wenig näher und musterte den Besucher.

»Warum ist er denn so? Hört er, was wir sagen?«

Eine Art Bellen kam aus dem Munde des Mannes: er lachte.
»Er fühlt sich nicht wohl«, sagte er ironisch.
»Prinz!« Und Annette legte ihm die Hand auf die Schulter. »Sei still.«
»Ich mache, was mir beliebt.« Er stieß sie weg und sagte, indem er die Stimme der jungen Frau nachäffte: »Prinz, Diane ist da.« Und während er ihren Namen nannte, sah er sie an.
Sie war noch nicht angezogen, und ihr weißes Nachthemd, mit Rüschen am Hals und an den Handgelenken besetzt, hüllte sie gänzlich ein und hätte den Boden berührt, wenn Diane nicht auf den nackten Zehenspitzen gestanden hätte. Der Spitzenstreifen ließ ihren wie immer nach vorn gereckten Hals noch länger erscheinen. Ihr Haar, das wieder das Aussehen von Schaum angenommen hatte, bildete einen Heiligenschein um ihren Kopf. Dabei hatte ihr Blick nichts Engelhaftes. Sie hatte ihn nicht niedergeschlagen, als er dem Blick des Mannes begegnet war, den sie eher aufmerksam als neugierig betrachtete, ohne Leidenschaft, ohne Mitleid, sogar ohne Feindseligkeit, als sei er ein Gegenstand, weniger als selbst eine Pflanze: ein Stein.
Er war es, der zuerst seinen Blick abkehrte. Plötzlich verbarg er sein Gesicht in den Armen,

die auf dem Küchentisch lagen, und sagte mit erstickter Stimme: »Ach, dieses Elend!«
Annette streichelte ihm Haar und Nacken, wobei sie ihn mit ihren vom Geschirrwaschen geröteten Fingern, deren Nägel kurzgeschnitten waren, kaum berührte. Diane beobachtete das leichte Hin und Her der Hand, das Lächeln, das auf dem Gesicht der jungen Frau schwebte.
»Was hat er denn?« fragte sie von neuem.
Die andere schien sie nicht zu hören, man hätte meinen können, daß all ihre Aufmerksamkeit sich in ihren Fingerspitzen gesammelt habe, da, wo sie den Kopf des Mannes berührten. Er ließ es geschehen, sei es, weil er die Zärtlichkeit nicht bemerkte, sei es im Gegenteil, weil er sie nicht missen konnte.
So blieben sie in der dunklen Küche, unbeweglich alle drei, ausgenommen das Hinundhergleiten der Hand Annettes, ihr Schweigen, einschmelzend in die mächtigere, sonntägliche Stille, ohne zu wissen, daß sie diese Minute niemals vergessen würden.
Dann schlug die Turmuhr die Stunde; Prinz Abdallah erhob sich und sagte mit einem Bliick auf Dianes Hals, mit einer Stimme, die sie an ihm nicht kannte: »Wo versteckt sie es, deine Mutter?«

»Was?«

»Du bist verrückt, schweig!« schrie Annette auf, packte ihn am Arm und zog ihn nach der Tür.

»Was versteckt Mama?« fragte Diane, aber er gab keine Antwort und ließ sich in Annettes Kammer führen.

Zu spät freilich für den Seelenfrieden Dianes. Daß ihre Mutter etwas versteckte, und gerade vor ihr, war gut möglich; daß Prinz Abdallah davon wußte, verwirrte sie schon eher. Während der Zaubervorstellung bei Meyrargues hatte sie den Erwachsenen den Rücken zugekehrt, aber er sah ihnen ins Gesicht; was hatte er beobachtet, begriffen, was für Schlüsse gezogen? Wer war es, den ihre Mutter versteckte?

Kein Geräusch gelangte aus dem ersten Stock zu ihr. Sie stieg die Treppe empor. Die Kammertür des Mädchens war geschlossen. Drinnen herrschte Schweigen. Durch das Fenster des Treppenabsatzes konnte man den großen Baum wahrnehmen, dichter belaubt als an dem Tage, an dem Diane das Zwitschern von Vögeln hinter der Tür gehört hatte, so dicht belaubt, daß die Sonnenstrahlen nicht mehr hindurchgelangten. Diane setzte sich auf die Stufen, drückte sich an das schmiedeeiserne Geländer und wartete.

Später begann der große Baum, ganz leise zu rauschen, zumindest glaubte Diane, das zu hören, und sie suchte in den Ästen nach Spuren von Wind, der sich erhebt, aber kein Blatt rührte sich, das leise Rauschen kam aus der Kammer des Mädchens; jemand flüsterte dort so leise, daß man die Worte nicht unterscheiden konnte. Diane hob den Kopf. Das eintönige Murmeln dauerte an, brach ab, jählings folgte ihm ein Gebrüll. Diane erkannte die Stimme des Prinzen Abdallah. »Hure!« brüllte er. »Dreckiges Hurenstück! Als ob du nicht wüßtest, warum ich dich hier untergebracht habe.«

Annette schien etwas zu erwidern. Er ließ sie nicht weiterreden. »Nicht ernst, nicht ernst?« wiederholte er verächtlich. »Du kotzt mich an mit deinen Lügen!« Von neuem trat Schweigen ein. Zweifellos hatte Annette erwidert, daß sie nicht log; er redete wiederum, und einige Augenblicke lang verklangen ihre Stimmen. Dann brach die des Mannes von neuem los.

»Also du sagst zuerst nein«, schrie er sarkastisch, »dann machst du mir wieder Mut und erzählst mir, du hättest das Versteck gefunden; wenn ich dich danach frage, sagst du mir, du hättest Arbeit für mich und daß du mir später alles sagen würdest, und jetzt, nachdem ich Blut und Wasser bei diesem Rindvieh von Antiquar geschwitzt habe, erinnert sich die Dame überhaupt nicht mehr, was sie versprochen hat.«

Er stotterte, als fehlte es ihm an Worten, und legte, indem er jene wieder aufnahm, die er gerade gebraucht hatte, von neuem los.

»Nicht ernsthaft, nicht ernsthaft«, brüllte er, »nicht ernsthaft, ein Halsband, über das alle Zeitungen geschrieben haben und das mindestens seine zehn Millionen wert ist.«

Das Aussprechen dieser Zahl schien ihn zur Raserei zu treiben. »Und das da, ist das vielleicht nicht ernst gemeint?« sagte er.

Man hörte einen dumpfen Schlag, einen Fall.

Diane stand auf. Ihr war heiß. In der Kammer war wieder Schweigen, unheimlicher als das Gebrüll zuvor. Das kleine Mädchen näherte sich der Tür und blickte durchs Schlüsselloch.

Annette saß auf dem Boden am Ende des Bettes. Ihr Gesicht drückte grenzenlose Überraschung aus. Aus ihrer gespalteten Lippe floß ein Blutfaden über das Kinn.

Die Stimme des Prinzen Abdallah klang so nahe, daß Diane erschauerte, aber er blieb unsichtbar.

»Ich will dieses Halsband haben«, sagte er, »hörst du?« Er sprach ruhig. Sofort wurde er wieder wild. »Ich hätte besser getan, dir eine Karte ausstellen zu lassen, da wärst du wenigstens zu etwas nütze gewesen.«
Diane sah wieder die Hände des Mannes vor sich und hörte seine Stimme: »Ich stecke sie wieder ins Spiel, ich decke auf.« Jetzt war ihr kalt. Sie lief nach dem Zimmer ihrer Mutter, öffnete die Schublade des Nachttisches, fühlte unter den angebrochenen Schokoladentafeln die Kühle von Perlen, lief auf Zehenspitzen wieder zurück, drehte den Türknopf und sagte, indem sie im Laufen vor dem Prinzen Abdallah innehielt: »Da ist es.«
Er betrachtete blöde in seiner hohlen Hand das Halsband der Alice Devilliers.
Annette war aufgestanden.
»Kleines«, begann sie.
In diesem Augenblick bemerkte sie die Perlen. Sie zeigte einen Schrecken, den sie gleich darauf zu überwinden schien.
»Gib sie her«, sagte sie, als spräche sie mit einem Kind, »wirst du sie gleich hergeben.«
Er verstand nicht, was sie sagte, und machte eine kleine Kopfbewegung, als wolle er etwas Lästiges verjagen. Er hörte nicht auf, den

Schmuck mit ungläubigem, hingerissenem kindlichen Ausdruck zu betrachten. Annette streckte die Hand aus, um ihm das Halsband wegzunehmen. Ohne sie anzusehen, stieß er sie mit einer Bewegung zurück, die langsam zu sein schien, sie aber zur Erde warf, und verließ das Zimmer, ging über den Treppenabsatz, stieg in gerader Linie die Treppe mit dem Gehabe eines Schlafwandlers hinunter, wobei er die Perlen in der Faust gerade vor sich her trug.
Diane hörte die Eingangstür nicht zuschlagen, denn alle Vögel in dem großen Baum hatten begonnen, auf einmal zu singen.

Zu Beginn des Abends begann Annette, sich Diane zu nähern. Sie hielt sich in einer gewissen Entfernung von ihr und tat so, als bearbeite sie die Möbel mit einem Tuch, aber ihr Blick war ständig auf das kleine Mädchen gerichtet, das dasaß und in einem Buch mit Abbildungen blätterte, scheinbar ohne die Gegenwart des Dienstmädchens zu bemerken. Zwei- oder dreimal legte Annette ihr Tuch weg, sie richtete sich auf, man hätte annehmen können, sie wolle reden, aber sie ruhte sich nur aus, und kein Ton kam über ihre sich bewegenden Lippen; sie waren geschwollen, und ein bißchen Schorf

zeigte die Stelle, wo Prinz Abdallah sie getroffen hatte.
Die spiralförmige Bewegung, die sie quer durch das Zimmer beschrieb, von Möbelstück zu Möbelstück, als sei sie beim Gänsespiel, endete schließlich an dem niedrigen Tischchen aus schwarzem, mit Elfenbein eingelegtem Holz, das als Schreibtisch diente und auf dem der Band lag, den Diane betrachtete. Er zeigte dort, wo er aufgeschlagen war, ganzseitig und in Farben ein Detail der »Dame mit dem Einhorn«. Noch einmal schien Annette, die niedergekniet war, um den Tisch abzuwischen, aber das Tuch auf dem Boden liegen ließ, reden zu wollen; sie hob den Blick und bemerkte, daß Diane sie ansah. Eine Zeitlang maßen sich ihre Blicke über der Dame in ihrem gestickten Kleid und dem auf den Hinterbeinen aufgerichteten Einhorn, und während dieser Betrachtung begann die junge Frau zu erröten, das Blut strömte ihr allmählich ins Gesicht, in die Wangen zuerst, dann in die Ohrläppchen, schließlich in die Stirn, als sei sie eine Vase, die sich langsam bis zum Rand füllte. Gleich wird sie überlaufen, dachte Diane, und ihr Blick haftete auf Annettes geschwollenem Mund.
Die fuhr sich mit der Hand über die Lippen und

sagte: »Er wollte mir nicht weh tun. Er hatte bloß vergessen, daß er seinen Ring trug.«
Sie lächelte, aber Diane kam ihr nicht entgegen. Von neuem entstand eine Pause. Annette war die Röte wieder aus dem Gesicht gewichen, aber ihre Schläfen waren feucht von Schweiß.
»Glaubst du vielleicht, daß er gern stiehlt?« sagte sie plötzlich in herausforderndem Ton und antwortete darauf sofort selber mit noch stärkerem Nachdruck: »Niemand tut das gern, niemand, mein Kleines. Du hättest ihn vor ein paar Tagen sehen müssen, als ich ihm erzählte, du hättest für ihn Arbeit gefunden. Er konnte sich vor Freude gar nicht lassen. Er hörte nicht auf zu wiederholen: Sie ist ein guter Kerl, diese Kleine, sie ist ein guter Kerl; er meinte dich. Er sagte sogar: Wenn alles gutgeht, wollen wir ihr eine Überraschung bereiten, also etwas schenken«, erklärte Annette immer lebhafter. »Drei Tage lang hat er geübt, es ist lange her, seit er nicht mehr geübt hat, vielleicht zwei Jahre, und als er erfuhr, daß es für ein Kinderfest war, wollte er auf der Höhe sein.«
Sie unterbrach sich, sah Diane nachdenklich an und sagte in einem Ton klagender Überraschung: »Warum hast du mir nicht die Wahrheit gesagt? Ich hatte dich darauf aufmerksam ge-

macht, daß er seinen Stolz hat: niemand hat mehr Stolz als er. Als er begriff, daß die Kinder trotz aller Anstrengung nicht mitgingen ...«
Sie beendete den Satz nicht und sagte, als frage sie sich selber: »Wenn er drei Tage lang getrunken hat, glaubst du vielleicht, er hätte es aus Freude getan? Glaubst du vielleicht, daß einen das in gute Laune versetzt, zu bemerken, daß man mit seinen Händen nichts mehr anfangen kann, daß man zu nichts mehr gut ist? Glaubst du, deine Mama hätte das gern? Glaubst du, ich hätte es gern?«
Sie schwieg und wischte den Tisch mit zerstreuter Bewegung ab, als wolle sie sich beweisen, daß sie selber noch zu etwas gut sei.
Ihr Blick fiel auf die »Dame mit dem Einhorn«.
»Man könnte meinen, sie ähnele dir«, sagte sie.
Jetzt war es Diane, die den zugleich aufmerksamen und abwesenden Ausdruck auf dem Gesicht der Dame prüfend betrachtete, ihr blondes Haar, das ihr auf die Schultern fiel, den kleinen Schleier, der hinter ihrem Kopf flatterte, ihre mit einem Handschuh bedeckte Hand, auf der ein Papagei saß. Sie schien etwas zu betrachten, was vor ihr ein wenig nach links hin sich befand, und das Einhorn schien in die gleiche Richtung zu blicken. Diane überlegte, was sie

wohl sehen mochten, und sagte dann: »Das ist Kleopatra.«
»Wer?«
»Kleopatra, Königin von Ägypten.«
Annette sah auf das Bild mit erhöhtem Interesse und sagte höflich: »Sieh einer an, ich stellte sie mir anders vor.« Sie ließ ihren Blick über das friedliche Gesicht der Dame, über das Kollier aus dicken Perlen, das sie am Hals trug, wandern. »Deine Mutter«, sagte sie, »braucht nicht zu arbeiten, um zu leben. Wir dagegen ...«
Wieder beendete sie nicht den Satz.
Diane hörte auf, das Einhorn zu bewundern. Sie schlug das Buch zu und sagte vernünftig: »Jetzt könnt ihr von dem Halsband leben.«
Annette fuhr zusammen.
»Was wirst du tun? Wirst du alles deiner Mutter erzählen?«
Diane dachte nach.
»Ich glaube nicht«, sagte sie endlich. »Ich glaube nicht, daß ich es ihr erzählen werde.«
»Sie wird es von selbst merken.« Die junge Frau gab ein kurzes, beinahe höhnisches Lachen von sich. »So was, ein Kollier, das zehn Millionen Wert besitzt, in einer Schublade aufzuheben. Sie verdiente ...«
Ein neuer Gedanke bemächtigte sich ihrer.

»Wenn du nichts sagst«, fuhr sie fort, »wird man glauben, daß es ein Strolch, ein Vagabund war. Jemand, der ein allein liegendes Haus bemerkte und dachte, daß hier eine Gelegenheit wäre, Kleidungsstücke oder vielleicht etwas zu trinken oder zu essen, weißt du, Kleines, das passiert oft«, fuhr sie entzückt fort; »er öffnete ganz zufällig die Schublade und, was denkst du, natürlich erwartete er nicht, ein Perlenhalsband zu finden.«
Ihr Gesicht wurde genauso plötzlich finster, wie es sich eben erhellt hatte. »Sie werden sofort wissen, daß wir es waren«, sagte sie. »Er kommt ins Gefängnis und ich mit ihm.«
Diane stand auf und nahm das Buch.
»Ich werde niemand etwas sagen«, versprach sie und ging hinauf, um sich hinzulegen, ohne vorher zu essen, weil sie, wie sie behauptete, keinen Hunger hatte.

Zum hundertstenmal dachte sie, daß, wenn Annette und ihr Mann ins Gefängnis kämen, sie mit ihnen gemeinsam hineinkäme. Die Bettdekke lag glühendheiß auf ihr, sie mußte sich aufdecken. Die Uhr Brand am Kirchturm schlug. Madame Devilliers war immer noch nicht zurückgekommen.

Zwei- oder dreimal schlummerte Diane beinahe ein und erwachte jäh nach einem zehn Sekunden dauernden Alpdruck. Ein Auto fuhr mit seinen Scheinwerfern über die Zimmerdecke, hielt aber nicht an. Diane dachte, ihre Mutter sei vielleicht zurückgekommen, während sie schlief, und ihr Herzschlag stockte. In diesem Augenblick hörte sie von neuem einen Wagen, der näher kam.

Der Widerschein der Scheinwerfer trat durch den oberen Teil des Fensters ins Zimmer und glitt immer langsamer über die Decke. Das Auto hielt. Diane wartete auf das Schlagen der Tür, das vertraute Ticktack der Absätze, das Geräusch des Schlüssels, der das Schlüsselloch sucht. Aber diese Nacht war anders als alle andern. Ein langes Schweigen, dann einige leichte Schritte, ein noch leiseres Flüstern, noch leiser jetzt, und von neuem Stille. Schließlich das Knarren der Tür, die aufgeht, aber zögert, sich wieder zu schließen. Endlich der Wagen, der davonfährt. Schließlich der Riegel, der vorsichtig vorgeschoben wird.

Jetzt geht sie die Treppe hoch; jetzt geht sie über den Flur, dachte Diane. Jetzt wird sie in ihr Zimmer treten. Sie sah ihre Mutter vor sich, wie sie, ihrer Gewohnheit entsprechend, Schokolade aus dem Nachttisch nahm. Sie knabberte sie, während sie sich auszog und für die Nacht herrichtete; in ihrem weißen Morgenrock kam sie und küßte Diane, die nur zur Hälfte aufwachte, um sie wiederzuküssen; die Mutter hatte ihr Gesicht eingefettet und roch gut nach Creme.

Madame Devilliers blieb nur einen Augenblick in ihrem Zimmer. Gerade so lange, um die Schublade aufzuziehen, dachte das Kind, hörte, wie sie wieder aus dem Zimmer kam, ein paar Schritte machte, die Tür zum Zimmer ihrer Tochter öffnete und sich dem Bett näherte, wobei sie dem Lichtstrahl folgte, den die Lampe im Flur ins Zimmer warf.

Tabakgeruch ging von ihr aus – sie rauchte nicht –, Alkoholgeruch – sie trank kaum –, andere Gerüche noch, undefinierbare, gewöhnliche, und auch eine gewisse innere Belebung, die sie vergeblich zu unterdrücken suchte und die sie zusammen mit den neuen Gerüchen wie in eine leichte Wolke hüllte. Diese Wolke, oder eher diese Nebelbank, die ihre Mutter isolierte, war es, welche Diane erriet, ehe sie sah, wie sich die Mutter über das Bett beugte.

Gewöhnlich beugte sie sich herab, streifte mit den Lippen die schlafwarme Wange ihrer Tochter, versicherte sich, daß sie gut zugedeckt war, und entfernte sich wieder; sie mußte sehr an Vergangenes gedacht oder sich Künftiges vorgestellt haben, um stehenzubleiben und sie anzublicken, während sie schlief. Noch nie hatte sie die Tür geöffnet, ohne auf das Geräusch zu achten, das sie verursachte, noch nie war sie ins Zimmer gekommen, ohne sich vorzusehen, ob sie beim Vorbeigehen an Möbel stieß, noch nie gefragt, als sie sich über das Bett beugte: »Schläfst du?«

Und weil alles an ihr neu und unbekannt und sie eingehüllt war in diesen Nebel, der sie unzugänglich machte, weil sie in ihrem Zimmer nur einen Augenblick gewesen war, in dem man kaum eine Schublade öffnen konnte, und weil sie ihr Zimmer sofort verlassen hatte, um geradenwegs ihre Tochter aufzusuchen, sehnte sich Diane mit aller Kraft danach, einzuschlafen, besser: eingeschlafen zu sein, eingeschlafen und nicht wiederaufgeweckt zu werden. Aber sie konnte nicht anders, sie mußte dieses Gesicht ansehen, das sich über sie beugte, das erregte Gesicht einer Fremden. Sie sagte also nichts, sondern lag mit offenen Augen, und ihre Mutter, die sich wieder aufgerichtet und sich inzwischen an die Dunkelheit gewöhnt hatte, stellte fest: »Aber sie schläft ja gar nicht!«

Sie sagte es in ihrem gewöhnlichen Ton, wobei sie ein unsichtbares Auditorium zu Zeugen nahm, aber im Klang ihrer Stimme lag eine gewisse Beklemmung, die Diane nicht entging. Sie schloß die Augen, fühlte, wie ihre Mutter sich auf den Rand des Bettes setzte, und wartete auf die Vernehmung.
Madame Devilliers zögerte.
»Hast du einen schönen Tag verbracht?« fragte sie schließlich abwesend. »War Annette lieb zu dir?«
Diane spähte durch die Wimpern in ihre Richtung. Sie sah sie im Profil, den Blick nach innen gekehrt, beinahe ernst.
»Diane«, sagte sie.
Das kleine Mädchen erstarrte. Ganz in der Nähe schlug die Turmuhr zweimal.
Madame Devilliers wiederholte: »Meine kleine Diane, sag mir ...«
Sie schwieg von neuem. Sie zögerte, und die Wolke um sie schwebte dahin, bald floß sie auseinander und gab ihr alltägliches Gesicht zurück, bald schloß sie sich wieder um sie.
Die Wolke verdichtete sich; so wiederum verfinstert, sprach die Mutter von neuem, so leise, daß Diane sie nicht verstand oder nicht verstehen wollte. Da wandte sich die Mutter ihr zu und

wiederholte: »Möchtest du einen neuen Papa haben?«
Sie lächelte: wie auf dem Bild im Salon.
Diane dachte nach.
»Nein«, sagte sie. »Nein, nein!« brüllte sie. »Nein, nein, nein, nein, nein!«
Sie hatte sich in ihrem Bett aufgesetzt und schrie mit trockenen Augen und erhobenem Kopf, wie ein Hund, der den Mond anbellt, das gleiche Wort, ohne auf Madame Devilliers zu hören noch ihre Hand zu fühlen, die sie streichelte.
Dann schwieg sie, wühlte das Gesicht ins Kopfkissen und regte sich nicht mehr.
Sie ist allzu empfindsam; ich war genauso in ihrem Alter, dachte die Mutter und fragte sich mit einer gewissen Furcht, wenn auch nicht ohne Vergnügen, was Diane wohl sagen würde, wenn sie eines Tages erführe, daß Pierre-Antoine, weit davon entfernt, im Atlantik ertrunken zu sein, in Südamerika mit einer anderen Frau lebte und andern Kindern, und zwar legitimen, ohne sich um jenes zu kümmern, das er Alice Devilliers gemacht hatte, eines Abends, da er ihr zu Füßen gefallen war, um sie achtzehn Monate später zu verlassen; wenn sie für ihn mit Hilfe von Reminiszenzen aus Lektüre und Film ein

heroisches Ende erdacht hatte, so war das geschehen, um das Andenken an ihn im Gedächtnis ihrer Tochter rein zu erhalten; sie glaubte das ehrlich.
Allein mit ihren Gedanken, ließ sie ihre Hand durch das Haar ihrer Tochter gleiten, und wie sie schwieg und die Zeit verging, hoffte Diane, sich getäuscht zu haben. Dabei war die Hoffnung vom Zufall abhängig; man mußte dringend ein Unglück auf sich ziehen, um ein anderes, größeres Unglück zu bannen. Sie sah wieder die Schublade des Nachttisches vor sich, während sie mit ungeduldiger Hand das Silberpapier auf der Suche nach dem Halsband zerknüllte, und sagte, nach Luft schnappend: »Mama, ich möchte gern ein Stück Schokolade haben.«
Kindliche Verzweiflung ist nicht von Dauer, dachte Madame Devilliers. Sie ist noch zu klein, ich hätte mit ihr nicht darüber reden sollen.
»Diane«, sagte sie vorwurfsvoll.
»Nur ein Stückchen«, sagte das kleine Mädchen. Sie hatte nicht den Mut, weiter darauf zu beharren.
Madame Devilliers fühlte sich plötzlich müde.
»Du mußt schlafen«, sagte sie. »Was für eine Idee, mitten in der Nacht Schokolade zu essen,

ausgerechnet du, die am Tage niemals welche haben will.«
Sie lächelte, aber sie war traurig, und sie berührte die Wange ihrer Tochter mit den Lippen und sah nach, ob sie auch gut zugedeckt war. Sie ging, und Diane konnte lange nicht einschlafen. Jeden Augenblick fürchtete sie, ihre Mutter einen Schrei ausstoßen und im Laufschritt zurückkommen zu hören. Da sie nicht zu Abend gegessen hatte, hatte das Reden über Schokolade sie hungrig gemacht.

»Ich weiß nicht«, antwortete Diane, »nein, ich weiß nicht, es hat keinen Zweck, es noch mal zu versuchen.«
Und Annette: »Versuch, mein Kleines, versuch, dich zu erinnern. Mach die Augen zu und versuch, dich zu erinnern.«
Diane schloß die Augen, wie sie es seit der vorigen Nacht so oft getan hatte.
»Es hat keinen Zweck«, wiederholte sie.
»Du strengst dich nicht wirklich an«, sagte Annette. »Warte, ich werde dir helfen.«
Sie hörte auf, das Gemüse sauber zu machen, und dachte mit noch feuchten Händen nach, während sie vor sich hin blickte.
»Bist du sicher, daß du nicht hörtest, wie sie die

Schublade aufmachte«, sagte sie, »weißt du, nachts hört man alles, du hast sie ja auch die Treppe heraufkommen hören und wie sie in ihr Zimmer ging und wieder herauskam, du hättest bestimmt gehört, wie sie die Schublade öffnete, eine Schublade macht ein bestimmtes Geräusch, wenn man sie öffnet, nicht viel, aber immerhin, am Tage kaum, aber nachts ist das anders.«

Mit geschlossenen Augen horchte Diane in ihre Erinnerungen hinein. Sie hörte schlecht, weil Geräusche aller möglichen Arten in ihr aufstiegen, Küchengeräusche, Gartengeräusche, Straßengeräusche, die einen vertraut, andere vieldeutig, undefinierbar, dumpf oder grell, kurz oder anhaltend, Geräusche, die in ein einziges mächtiges Tönen des Tages zusammenschmolzen. Ein metallisches Klingen, ein Schritt, ein Knacken, der Wind in dem großen Baum, jeder Ton konnte auf tausenderlei Art gedeutet werden: der Wind verwandelte sich in ein Kaminfeuer, und das Knacken wurde zu einem Knakken von Holzscheiten, das Klirren gehörte zu einem Feuerhaken, den eine Frau hielt, die nahe beim Feuer stand und kläglich wiederholte: »Du gibst dir nicht richtig Mühe, du hörst nicht einmal hin, wenn ich dir etwas sage.«

Kein Feuer mehr, kein Kamin: die Küche und Annettes Stimme: »Versuch, mein Kleines, versuch, dich zu erinnern.«
Ohne die Augen zu öffnen, forschte Diane in den Geräuschen der vorangegangenen Nacht, auf der Suche nach dem einer Schublade, die aufgeht, einer Nachttischschublade, angefüllt mit angebrochenen Schokoladetafeln, deren Papier zu knistern begann wie die Brise in dem großen Baum, und im Augenblick, da sie von neuem in einem Sturm von Geräuschen unterging, wiederholte sie: »Es hat keinen Zweck, es hat keinen Zweck.«
Aber Annette ließ sie deshalb nicht in Ruhe.
»Du hast recht«, sagte sie demütig und verbissen, »man kann eine Schublade, die aufgeht, nicht hören, eine Schublade, die aufgeht, rutscht von ganz allein, aber eine Schublade, die wieder zugeht, das ist nicht dasselbe«, fuhr sie fort, »das knallt, eine Schublade, die zugeht; wenn man sie aufmacht, paßt man auf, daß sie einem nicht herunterfällt, aber wenn man sie zumacht, stößt man sie mit einem Ruck zurück, und das gibt einen Knall«, wiederholte sie, kam dabei dem kleinen Mädchen immer näher und legte ihm ihre vom Kartoffeln- und Karottenschälen noch feuchte Hand auf die Schulter.

»Du hättest das Knallen hören können«, sagte sie, »du hättest es bestimmt hören können, versuch, dich zu erinnern.«

Sie wiederholte unablässig die gleichen Worte, als könne sie damit im Gedächtnis Dianes das Bild einer mit angebrochenen Schokoladetafeln gefüllten Schublade beschwören, die sich mit einem harten Geräusch schließt. Sie beschrieb das Geräusch mit einer solchen Genauigkeit, daß sie es selber zu hören schien, und jetzt hörte es auch Diane, schwach, aber deutlich, man hätte meinen können, im ersten Stock, im Zimmer ihrer Mutter. »Ja«, sagte sie, »es knallte, als sie zuging, nicht sehr stark, ich hatte es vergessen, aber jetzt entsinne ich mich. Ja, ja, ja, ein kleiner kurzer Knall«, stellte sie fest, entzückt, das Geräusch in sich selber immer deutlicher zu hören.

»Siehst du! Siehst du!« Und Annette preßte Diane hingerissen an sich.

»Wenn du dir Mühe gibst, wenn du dir wirklich Mühe gibst«, sagte sie, »entsinnst du dich.«

»Es ist deine Schuld«, sagte das kleine Mädchen, »du hast mich so oft gefragt, ob ich hörte, wie die Schublade aufging, daß ich an nichts anderes mehr denken konnte.«

»Gewiß, gewiß«, sagte Annette lachend, »wenn

ich dich ruhig hätte nachdenken lassen, hättest du dich schon seit langem daran erinnert, aber ich war so ungeduldig, daß ich einfach nicht still sein konnte. Ich bin nämlich ungeduldig«, fuhr sie fort und lachte von neuem, »es ist einfach toll, wie ungeduldig ich sein kann. Warte«, setzte die junge Frau hinzu, »um dich zu belohnen, werde ich dir etwas sehr Gutes zu essen geben.«
Sie lief zum Kühlschrank, nahm zwei Eier, trennte das Eigelb vom Eiweiß und tat es in eine Schale; sie griff nach einem Löffel und begann, das Eigelb zu schlagen, indem sie Puderzucker darüber streute. »Das ist sehr gut«, sagte sie und drehte den Holzlöffel in der Schale, um das Eigelb besser zerdrücken zu können, »und das gibt Kraft; ich wundere mich, daß deine Mama es dir nie gegeben hat.«
Sie unterbrach sich, und die kreisende Bewegung ihrer Hand wurde langsamer.
»Aber dann weiß sie es«, sagte sie. »Wenn sie die Schublade zumachte und gleich darauf zu dir kam, so bedeutet das, daß sie es weiß.«
Diane hatte gar nicht daran gedacht vor Freude, sich an das Knallen der Schublade erinnert zu haben. »Sie hat nichts gesagt«, entgegnete sie. »Sie wartete vielleicht darauf, daß du zuerst

etwas sagst«, erwiderte Annette, »auch du hast nichts gesagt. Vielleicht ist sie aus diesem Grunde gleich zu dir gegangen: damit du irgend etwas sagst. Sie weiß alles«, schloß sie entmutigt, »und jetzt wird sie klagen.«

Das Kind glaubte, sich verhört zu haben. »Klagt man denn dann?« fragte es.

»Je nachdem«, sagte Annette.

Sie hatte aufgehört, das Eigelb zu schlagen, und blickte starr vor sich hin.

»Und wenn Mama klagt«, fragte Diane, »was wird passieren?«

Schweigend brütete Annette vor sich hin. Sie sagte, gewissermaßen als Antwort auf einen geheimen Gedanken: »Auf jeden Fall Heulen und Zähneklappern.«

Diane stellte sich eine Prozession von Büßern in Kapuzen vor, die heulend, zähneklappernd und klagend an ihr vorbeizog.

»Es hat keinen Zweck, sich etwas vorzumachen«, sagte Annette. »Da du gehört hast, wie sie die Schublade zumachte, ist es klar, daß sie Bescheid weiß.«

Diane bemühte sich, in ihrer Vorstellung genau den Moment wachzurufen, da Madame Devilliers, nachdem sie die Tür zum Flur geöffnet hatte, auf sie zugekommen war, ohne sich um das Knirschen der Türangeln zu kümmern, wie ihre Absätze klapperten und sie im Vorbeigehen an die Möbel stieß. Jeder Ton war in ihrem Gedächtnis eingegraben, gerade so wie das Näherkommen der Mutter quer durchs Zimmer bis zum Augenblick, in dem sie sich über das Bett gebeugt hatte, aber ihr Gesicht blieb undeutlich, als sei es von einer Nebelbank bedeckt, die seinen Ausdruck verbarg. In diesem Moment wußte sie, sicherlich weil sie von neuem mit solcher Klarheit sowohl das Geräusch der Tür als auch das Klappern der Absätze und das Geräusch der angestoßenen Möbel vernahm, daß sie niemals den Knall der geschlossenen Schublade gehört, daß sie ihn sich ausgedacht und er sich jetzt wieder verflüchtigt hatte. Sie wollte fragen, wie man eigentlich klagt, traute sich aber nicht.

Annette hatte von neuem begonnen, das Eigelb zu schlagen, aber langsam und abwesend: sie war im Zimmer in der ersten Etage, in der vorangegangenen Nacht; einmal mehr stellte sie sich Diane im Bett vor und Madame Devilliers, wie sie vorsichtig die Tür öffnete und auf Zehenspitzen näher kam.

»Was hat deine Mutter zuerst gemacht?« fragte die junge Frau. »Hat sie geredet?«

»Sie fragte, ob ich schliefe«, erwiderte das kleine Mädchen. »Sie fragte: ›Schläfst du?‹«
»Sie wollte sehen, was du antwortest«, sagte Annette und bemächtigte sich eines neuen Stückchens Information, indem sie es jenen andern, die sie bereits besaß, hinzufügte. »Denn wenn du geschlafen hättest, hättest du ja nichts hören können, und es wäre sinnlos gewesen, dir Fragen zu stellen und dich mitten in der Nacht zu beunruhigen und dir angst zu machen«, erklärte sie und drehte den Holzlöffel schneller in der gelben Masse, die am Grunde der Schale heller zu werden begann, je mehr sich der Zukker auflöste und sich mit dem Ei vermengte. »Wenn du aber erwidert hättest, daß du nicht schläfst, hätte sie dich gefragt, ob du irgend etwas gehört hättest, Schritte zum Beispiel oder das Geräusch einer Tür.«
Diane unterbrach sie.
»Nein«, sagte sie. Sie begriff, daß ihre Mutter, wenn sie die Schublade nicht geöffnet hatte, auch nicht klagen konnte. »Ich habe nichts gehört, eben glaubte ich, die Schublade gehört zu haben, die beim Schließen zuknallte, aber ich habe mich getäuscht.«
Die junge Frau stellte die Schale auf den Küchentisch. »Aber das ändert ja alles«, sagte sie,

noch unentschlossen, als überlege sie, ob die gerade vernommene Nachricht günstig sei oder nicht. »Bist du wenigstens sicher, daß du nichts gehört hast, denn wenn es so ist, so ändert das alles«, wiederholte sie sorgenvoll.

»Ich bin sicher.« Diane fühlte sich schuldig. »Du siehst nun, daß es keinen Zweck hatte, sich Mühe zu geben«, fügte sie hinzu.

Annette nahm die Schale in die linke Hand und quirlte wieder die immer dickere Masse, als helfe ihr diese regelmäßige Bewegung beim Nachdenken.

»Jedenfalls müssen wir sicher sein«, sagte sie gedankenvoll, als rede sie mit sich selber. »Deine Mutter wird aufwachen; man müßte wissen, was sie tun wird.«

»Wie denn? Wie kann man denn wissen, was sie tun wird?« fragte Diane hart.

»Wenn sie gestern abend nichts gesehen hat...«, begann Annette zu erklären und schwieg, um Diane ins Gesicht zu sehen. »Wie blöd ich bin«, sagte sie. »Natürlich hat sie nichts gesehen, da sie die Schublade ja nicht angerührt hat. Wie ich auch bloß auf diesen Gedanken komme! Man kann nicht dümmer sein als ich, mein Kleines«, sagte sie mit einem Lächeln, das ihr dunkles Gesicht erhellte, und mit dem Löffel

kratzte sie den Zucker zusammen, der sich in der Schale festgesetzt hatte, und vermengte ihn mit dem Eigelb, das jetzt ganz hell war und zu schäumen begann. »Ohne dich hätte ich niemals daran gedacht«, setzte sie hinzu, »und dabei springt es einem ja in die Augen, daß, wenn sie in die Schublade geblickt hätte, du das Zumachen gehört hättest. Warte, warte«, sagte Annette dazwischen, obwohl Diane gar nichts gesagt hatte, »nur einen kleinen Moment.«
Sie lief zum Schrank, nahm eine Flasche Rum und schüttete ein wenig davon in die Schale.
»Das gibt Kraft«, sagte sie und rührte die Mischung. »Du wirst sehen, mein Kleines, wenn du davon kostest, springst du bis zur Decke.«
Diane schluckte einen Löffel voll der gezuckerten Masse, die ihr den Mund verbrannte.
»Ist das Alkohol?« fragte sie und setzte überzeugt hinzu: »Ich hab' Alkohol gern.« Sie zwang sich, einen zweiten Löffel voll zu schlukken.
»Und wenn deine Mama die Schublade nicht wieder zugemacht hat?« fragte Annette plötzlich. »Ich will sagen: wenn sie sie geöffnet hat und merkte, daß sie leer war, und wenn sie sofort, ohne sie zu schließen, zu dir gelaufen wäre, hättest du natürlich nichts gehört, aber sie hätte

dennoch alles gewußt. So muß es wohl sein«, fuhr die junge Frau fort, indem sie ebenso leicht von gehobener Stimmung zu Niedergeschlagenheit überwechselte, wie sie einen Moment zuvor den umgekehrten Weg gemacht hatte, »andernfalls hätte sie keinen Grund gehabt, zu dir zu kommen, um nachzusehen, ob du schläfst, sie hätte sich erst für die Nacht hergerichtet, wie sie es gewöhnlich tut.« Sie unterbrach sich nochmals und musterte Diane mit sorgenvoller Miene. »Sofern sie nicht einen andern Grund hatte, aber den hättest du erfahren«, sagte sie, und als das Kind nicht antwortete, wiederholte sie beharrlich: »Du hättest doch erfahren, mein Kleines, wenn deine Mama einen anderen Grund gehabt hätte, dich zu wecken?«

Dianes Blick wurde gleichgültig. Sie sagte: »Ja, ich hätte es erfahren.«

»Natürlich«, sagte Annette, »vor allem, weil es ja nur etwas sehr Wichtiges sein konnte. Deine Mama hätte dich nicht wegen einer Dummheit geweckt; es ist nicht ihre Art, dich mitten in der Nacht wegen eines Ja oder eines Nein zu wekken, nicht wahr, mein Kleines?«

Sie schwieg, und Diane, die fühlte, daß sie eine Bestätigung erwartete, sagte: »Nein, das ist nicht ihre Art.«

»Genau das sage ich ja«, sagte die junge Frau befriedigt. »Wenn sie sofort gekommen ist, um dich zu sehen, so deshalb, weil sie alles wußte, sie war so sehr in Eile, daß sie sich nicht einmal die Mühe machte, die Schublade zu schließen. Ich sehe das vor mir, als wäre ich dabeigewesen«, setzte sie tonlos hinzu. »gleich wird sie aufwachen und die Polizei rufen.«

Diane hatte, ohne es zu bemerken, die Schale geleert, und jetzt war ihr schlecht. Sie beobachtete Annette, die in der Küche hin und her lief, die Hände rang und wiederholte: »Was wird aus uns werden, mein Kleines? Was wird aus uns werden?«

Dieser Anblick war unerfreulich, und Diane schloß die Augen, um nicht an ihm teilzuhaben. Sofort stiegen die Bilder der vorangegangenen Nacht vor ihr auf. Sie betrachtete sie und sagte: »Ich hörte das Geräusch der Schublade, als Mama sie schloß.«

Es war schon neun Uhr, und es blieben ihnen bis zum Erwachen von Madame Devilliers nur noch drei Stunden.

Sie erwachte später als gewöhnlich, da sie sich erst im Morgengrauen niedergelegt hatte und nur schwer hatte einschlafen können, und sie

telefonierte lange, im Bett liegend, bei geschlossener Tür. Sie sprach so leise, daß es unmöglich war zu verstehen, was sie sagte, und Diane, die vor der Tür stand und nicht einzutreten wagte, um sich wie sonst das Haar richten zu lassen, vernahm nur ein undeutliches Flüstern. Annette, die auf dem Treppenabsatz stand, machte ihr von fern ermutigende Zeichen. Diane zögerte immer noch. Das Mädchen näherte sich ihr geräuschlos und lauschte.
»Sie hat sicher schon wieder abgehängt«, sagte sie flüsternd. »Geh jetzt hinein und versuche herauszubekommen, was mit der Schublade los ist.«
Im Augenblick, da sie die Tür vorsichtig öffnete, vernahm sie die Stimme ihrer Mutter. Die Wange auf dem Kopfkissen, die Decke bis zum Kinn hochgezogen, lachte sie ganz leise ihr Lachen, das tief aus der Kehle kam. Diane hatte sie noch nie auf diese Weise gurren hören. Sie suchte den Telefonapparat, der an seinem Platz auf dem Nachttisch stand, folgte dem Draht mit den Blicken und bemerkte, daß Madame Devilliers' Kopf auf dem Hörer ruhte, der fast ganz verdeckt war. Madame Devilliers' Blick begegnete dem ihrer Tochter, die auf der Schwelle stand und nicht wagte, sie zu überschreiten,

und Kamm und Bürste hochhob, um ihr Eindringen zu erklären.
»Nicht jetzt«, sagte Madame Devilliers und setzte, in den Hörer sprechend, hinzu: »Es ist nichts, es ist bloß Diane.«
Annette war nicht mehr auf dem Treppenabsatz. Diane schlug den Weg zum Boden ein. Als sie vor der Kammer des Mädchens vorbeikam, ging die Tür ein Stück auf, und Annette machte ihr ein Zeichen, sie solle eintreten.
»Die Schublade war zu«, sagte das kleine Mädchen und wollte weitergehen.
»Konntest du herauskriegen, mit wem sie telefonierte?« fragte Annette.
Diane blieb stehen. »Nein«, sagte sie.
»Es war doch hoffentlich nicht, um Anzeige zu erstatten?«
»Ich weiß nicht«, sagte das kleine Mädchen. »Mama hatte schon wieder abgehängt, und ich konnte sie nicht fragen.«
»Mir schien, ich hätte sie lachen hören, als du die Tür aufmachtest«, sagte Annette mit zweifelnder Miene. »Ich fand sogar, daß sie merkwürdig lachte, gar nicht wie sonst.«
Diane wurde rot.
»Sie lachte überhaupt nicht«, sagte sie, »sie hatte nicht die mindeste Lust zu lachen.«

Annette zog sie eingeschüchtert an sich.
»Warum?« flüsterte sie. »Hat sie dir etwas gesagt?«
»Sie hatte auch keine Lust zu reden«, antwortete das Kind trotzig und machte sich los.
»Ich habe nämlich an etwas gedacht«, sagte Annette, »woran ich eben gar nicht dachte, und du auch nicht, deine Mama kann nämlich durchaus wissen, was geschehen ist, und dennoch keine Ahnung haben, daß es mit uns zusammenhängt. Ich weiß nicht, was sie sich nun eigentlich denkt, vielleicht diese Geschichte mit dem Vagabunden, dem Herumtreiber, weißt du, oder mit irgend jemand anderem, aber jedenfalls kann sie nicht an uns denken, und wenn es so ist, hätte sie gar keinen Grund, mit dir darüber zu reden und dir angst zu machen, nicht einmal Grund, mit mir zu reden, und weißt du, was mich darauf gebracht hat, sie könnte glauben, daß es ein Vagabund war?« fragte Annette, als wisse sie Bescheid. »Weil sie sofort zu dir gekommen ist, ohne abzulegen, und dich fragte, ob du schliefest, denn sie hatte Angst, daß dir etwas geschehen sei, und wollte sicher sein, daß es dir gut ging, aber sie wollte dich nicht durch die Frage erschrecken, ob du irgend etwas gehört hättest, ein Geräusch oder einen Schritt, sie

fragte einfach, ob du schliefest, weil du, wenn du nicht geschlafen und etwas gehört hättest, es ihr selber erzählt haben würdest, und auf jeden Fall konnte sie sehen, daß dir nichts passiert war. So hätte ich nämlich an ihrer Stelle gehandelt, und ich weiß überhaupt nicht, warum ich nicht früher daran dachte«, fuhr die junge Frau fort, zog ein Gesicht und hob halb die Arme, um sie wieder mit einer Geste des Unvermögens fallen zu lassen. »Aber ich war immer etwas schwer von Begriff, sogar als ich klein war, und ich brauchte immer Stunden und Stunden, um die einfachsten Dinge zu begreifen.«

Sie standen in der Kammer an der Tür, dicht nebeneinander, und Annette streckte beim Sprechen von Zeit zu Zeit den Kopf durch den Türspalt und warf einen Blick in den Flur. Das tat sie auch jetzt, nachdem sie sich langsamen Denkens bezichtigt hatte, und gerade in diesem Moment schlug die Telefonklingel ein einziges Mal an, wie es geschieht, wenn man den Hörer anhängt.

»Das ist deine Mama«, sagte Annette, »sie hat die ganze Zeit telefoniert.«

»Sie hat abgehängt«, sagte Diane hartnäckig und ließ ihren kalten, bösen Blick über das ängstliche Gesicht des Mädchens wandern.

»Das sage ich ja«, sagte Annette lebhaft, »sie hängte ab, als sie dich hereinkommen sah, und als du gingst, fing sie wieder an. Sie wollte nicht, daß du etwas weißt, genau das dachte ich gerade eben, aber sie telefonierte mit Freunden und erzählte ihnen, was passiert war, und um sie um Rat zu fragen, vielleicht auch, um sie zu bitten, die Polizei zu benachrichtigen, und jetzt werden die Bullen kommen«, sagte Annette und verfiel von neuem in Verzweiflung, mit jener schaukelnden Bewegung, die sie an sich hatte, »und die Bullen verdächtigen natürlich zuerst immer die Hausangestellten.«
Sie blickte verzweifelt um sich.
»Wenn man nur herausbekommen könnte, mit wem deine Mama telefoniert hat«, sagte sie.
»Man kann nicht«, sagte Diane so grob, daß die junge Frau sie überrascht anblickte.
»Was hast du, mein Kleines?« fragte sie.
Das kleine Mädchen war den Tränen, war einem Ausbruch nahe. Diane schluckte Geständnisse und Schluchzer hinunter und sagte hochmütig: »Ich habe gar nichts.«
Sie öffnete die Tür und entfernte sich, wobei sie bemüht war, langsam zu gehen, und stieg zum Boden hinauf. Mit sich trug sie das Bild ihrer Mutter, die Kehle von Gurren erfüllt und die

Wange gegen den Hörer pressend, als sei er eine offene Hand. Als sie sich außer Hörweite wußte, ließ sie sich gehen.

Nachmittags landete Diane, die im Hause umherirrte, wieder einmal in der Küche. Der Küchentisch war von Tafelsilber bedeckt, das Annette gerade blank putzte. Sie fuhr zusammen, denn sie hatte sich nie an das plötzliche, lautlose Auftauchen des kleinen Mädchens gewöhnen können. »Mein Gott«, sagte sie, »vier Uhr, und du bist noch nicht angezogen.«
Diane zeigte auf Bürste und Kamm, die sie in der Hand hielt: »Ich werde zuerst hinaufgehen, um mich kämmen zu lassen.«
»Aber deine Mama ist doch weggegangen«, rief Annette. »Seit mindestens zwei Stunden ist sie weg.«
»Nein«, sagte Diane. »Ich habe die Tür nicht gehört.«
»Sie ist gleich, nachdem sie aufgehängt hat, weggegangen«, sagte das Mädchen und stellte eine Zuckerdose hin, die sie zum Glänzen gebracht hatte, und zögerte dann zwischen der Teekanne und dem Milchkännchen. »Ich begreife nicht, wie sie es angestellt hat, so schnell wegzukommen«, fuhr sie fort und nahm die Teekanne.

Diane sah, daß sie die Wahrheit sagte.
»Hat sie sich nicht nach mir erkundigt?« fragte sie schweren Herzens.
Das Mädchen schüttelte den Kopf. »Sie hat mir nur gesagt, ich solle das Tafelsilber putzen und sie würde zum Abendbrot nicht nach Hause kommen«, sagte sie und betrachtete sorgenvoll die geschwärzten Seiten der Teekanne. »Ich wartete auf dich«, setzte sie hinzu, »ich wollte nicht allein da hinaufgehen.«
Diane hätte gern gewußt, ob ihre Mutter gesagt hatte, wozu das Tafelsilber geputzt werden sollte. Sie unterdrückte diesen Wunsch.
»Was willst du da oben machen?« fragte sie.
»Ich will nachsehen, ob sie in die Schublade geschaut hat. Ich habe sie niemals offen gesehen, aber du wirst vielleicht bemerken, ob irgendein Gegenstand darin anders liegt.«
Die Nachttischschublade öffnete und schloß sich lautlos, selbst wenn man sie kräftig zustieß. Sie enthielt drei angebrochene Tafeln Schokolade und einen Wirrwarr von zerknülltem Silberpapier. Diane war nicht fähig zu entscheiden, ob ihre Mutter seit dem Vortag daran gerührt hatte.
»Man kann es nicht wissen«, sagte Annette traurig. »Sie hat sogar ein Stück Schokolade

herausnehmen können, ohne etwas zu bemerken: man sieht kaum etwas bei all diesem Papier. Komisch«, fuhr sie fort, »ganz gewöhnliche Schokolade.«
Sie schloß die Schublade, machte sie wieder auf, schloß sie von neuem.
»Überhaupt nimmt es ja nicht viel Platz weg, so ein Halsband«, sagte sie, und ein schüchternes Lächeln zeigte sich in ihren Mundwinkeln. »Es paßt ja in eine hohle Hand.«
Zum erstenmal seit dem Vortag erwähnte eine von ihnen beiden das Halsband.
Diane sah wieder Prinz Abdallah vor sich, der wie ein Schlafwandler davonging und vorsichtig seine Faust vor sich her trug. Sie hörte Annettes dumpfe Stimme.
»Ich werde ihn suchen gehen«, sagte die junge Frau, »und das Halsband zurückbringen. Sobald ich mit meinem Tafelsilber fertig bin«, fuhr sie lebhafter fort, »werde ich ihm das Halsband wieder abnehmen, dann legen wir es an seinen Platz zurück, gut unter dem Silberpapier versteckt; wenn deine Mama es nicht gesehen hat, wird sie überhaupt nichts erfahren, und selbst wenn sie es gesehen hat, wird sie glauben, sie habe sich getäuscht. So werden wir es machen«, sagte Annette und öffnete von neuem

die Schublade, wobei sie immer schneller und schneller sprach, »und weißt du, mein Liebling, wer von uns allen am glücklichsten sein wird? Nun, er. Ich wette mit dir, um was du willst, daß er, wenn ich ihm sage, Madame habe nichts bemerkt und keine Anzeige erstattet und daß sie niemals etwas davon zu wissen braucht, der glücklichste aller Menschen sein wird«, versicherte sie, ohne darauf zu achten, daß Diane ihr kaum zuhörte. »Du hast keine Ahnung«, fuhr sie mit immer tieferer Überzeugung fort, »was er seit gestern abend durchgemacht hat, er aß nicht und schlief nicht und dachte jedesmal, wenn die Tür aufging, es seien die Bullen, die ihn festnehmen wollten. Und zugleich wagt er nicht wegzugehen, weil er auf mich wartet, mein Kleines, er wartet auf mich, weil wir zusammen verschwinden wollen, und er muß sich sagen, daß die Bullen mich schon festgenommen haben; das quält ihn mehr als alles andere, daß er glauben muß, ich sei schon festgenommen und daß die Reihe jetzt an ihn käme; besser wäre, er ginge weg, es ist blöd dazubleiben, es ist sinnlos, aber er kann nicht, er kann nicht ohne mich weggehen. Ach ja«, rief die junge Frau aus, die intensiv ihre eigene Erzählung erlebte und gar nicht merkte, daß Diane sie vergessen zu haben schien und wie hypnotisiert das Telefon auf dem Nachttisch betrachtete: »er gäbe wer weiß was darum, diese Dummheit nicht gemacht zu haben, aber da gibt es nichts, alles andere, aber das nicht; wenn man das einmal getan hat, versuch einer mal, es rückgängig zu machen«, rief Annette in einer Art verzweifelter Freude, »und ich, ich kann es, ich weiß Bescheid, ich werde zu ihm gehen, die Tür aufmachen, er wird sagen: ›Da bist du endlich‹, er wird sagen: ›Wir müssen abhauen‹, er wird sagen: ›Zu spät‹, und ich, ich werde sagen: ›Vorbei, alles ist in Ordnung.‹«

Sie hatte sich aufgerichtete, während sie die letzten Worte mit feierlicher Stimme aussprach. Ihre Wangen glühten, ihre Augen leuchteten.

Diane sagte, ohne den Blick von dem Telefonhörer zu lösen: »Du kannst hingehen, wenn du mir versprichst, das Tafelsilber nicht weiterzuputzen.«

Die junge Frau kam nach zwei Stunden zurück. Im Hotel, wohin sie gegangen war, hatte sie erfahren, daß am Vorabend Prinz Abdallah im Taxi angekommen war, daß er es hatte warten lassen und nach einigen Minuten wieder weggefahren war, nachdem er gepackt und seine Rechnung bezahlt hatte. Er hatte nicht hinterlassen, wohin er fahren wollte, und niemand hatte die Notwendigkeit verspürt, ihn danach zu fragen. Im Café, wohin sie später gegangen war, demselben, wo sie schon einmal bis zum Geschäftsschluß gewartet hatte, fand sie einen neuen Besitzer vor, der weder den Zauberkünstler kannte noch irgend jemand, der aussah wie er.

Annette ging bis zur Mitte der Küche in einer Haltung, als trügen ihre Beine sie nicht mehr; sie ging gerade auf einen Schemel zu, den sie beinahe umgeworfen hätte und auf den sie mehr fiel, als daß sie sich niederließ.

Sie legte die Arme auf den Tisch, blickte Diane über das Gewirr trüb blinkender Becher, Kännchen und Kompottschüsseln an und sagte: »Ich bin am Ende meines Lateins. Was würdest du an meiner Stelle machen, mein Kleines?«

Annettes Latein mußte weit reichen: man vernahm kaum ihre Stimme, aber hätte sie auch aus voller Kehle geschrien, Diane hätte sie nicht besser verstanden, so gewaltig war die Wüste, in der sie umherirrte, seitdem sie allein geblieben war. Nicht, daß ihr das noch nie widerfahren war, im Gegenteil: sie war öfter allein als in Gesellschaft, aber bisher hatte sie den Unterschied nicht gekannt. Seit Madame Devilliers ihrer Tochter und der täglichen Zeremonie des Haarrichtens die laue Wärme des Telefonhörers an ihrer Wange und die Stimme eines Fremden in ihm vorgezogen hatte, seit sie einem Dritten gesagt hatte, Diane sei gleichsam nichts, erlernte Diane das Alleinsein. Das ging nicht ohne Schwierigkeiten ab, aber sie war eine gute Schülerin. Das Haus war leer und der Garten verlassen, von Viertelstunde zu Viertelstunde erinnerte die Turmuhr Brand einen an die Vergeblichkeit des Wartens. Diane war wieder in die Küche gekommen und versank trockenen Auges und mit verdrießlich verzogenem Mund in die Betrachtung des Silbergeschirrs. Vor dieser Mondlandschaft hatte Annette sie gefunden, eine kleine, aufmerksame, bittere und völlig einsame Statue, die sie nicht zu hören noch überhaupt ihre Gegenwart zu bemerken schien. Annette, in ihren eigenen Gedanken verloren, gab kaum acht darauf. So blieben sie, abwesend und schweigsam, nebeneinander, bis die junge Frau mit zerstreutem Griff ein Milchkännchen aufhob. Ohne sie anzusehen, sagte Diane: »Du hast versprochen, das Silber nicht weiterzuputzen.«

Sie sagte es so hart, daß Annette erschrocken den Gegenstand losließ und er klirrend über die

Fliesen der Küche rollte, weiter und immer weiter. Annette sagte, auch sie, ohne den Blick zu erheben, zu sich selber redend, als wolle sie, indem sie es nannte, ihr Unglück bestätigen: »Er ist fort.«

Auch er: diesmal mußte Diane es hören. Mitleid überkam sie, sie brach in Tränen aus.

»Fort, fort«, wiederholte sie mit einer vom Schluchzen unterbrochenen Stimme. »Jetzt bist du ganz allein, meine arme Annette.«

Die hätte selbst fast geweint. Der plötzliche Ausbruch von Dianes Mitleid, die sie noch nie in Tränen gesehen hatte, hinderte sie daran. Überrascht und gleichzeitig ergriffen, lief sie um den Tisch mit dem durcheinanderliegenden Silberzeug herum, nahm das kleine Mädchen in die Arme, preßte sie an ihre Brust und begann, ihr ins Ohr zu flüstern.

»Es ist nichts, es ist nichts«, sagte sie mit hastiger und gleichmäßiger Stimme, »du wirst sehen, mein Kleines, er wird wiederkommen. Weine nicht, er wird wiederkommen, er versteckt sich, weil er Angst vor der Polizei hat, aber er wird uns bald anrufen, vielleicht morgen, du wirst schon sehen, mein Kleines«, sagte sie lebhafter. »Morgen früh wirst du es läuten hören, und es wird seine Stimme im Apparat sein; zuerst wird er fragen, ob es mir gut geht, und dann wird er mich sprechen wollen, heute abend, heute abend vielleicht«, fuhr Annette fort, ein Lächeln um die Mundwinkel, aber die Wange feucht von den Tränen einer untröstlichen Diane.

Nun sagten sie sich alles.
»Er ist schön«, sagte Annette.
Und Diane: »Oh, gewiß.«
»Wenn ich nur wüßte, wo er sich versteckt hält.«
»Er könnte anrufen.«
»Er hat Angst, das Telefon könnte überwacht werden.«
»Dann könnte er herkommen.«
»Aber abends.«
»Vor allem abends.«
Diane preßte ihr Gesicht an die Fensterscheibe. Sie konnte nur ihr Spiegelbild darin sehen und die Nacht, die ihre Geheimnisse für sich behielt. Prinz Abdallah war verschwunden, mit größerer Gewißheit, als wenn er ein Kaninchen oder ein Wecker gewesen wäre. Das Telefon konnte noch so oft läuten: immer war es für Madame Devilliers. Sie war ungeduldig, zerstreut, entzückend. Sie lächelte von morgens bis abends

und kam im Morgengrauen nach Hause; auf ihre Weise war sie abwesender als Prinz Abdallah.
»Sie weiß von nichts«, sagte Annette. »Sie kann von nichts wissen.«
Beinahe jeden Tag gingen sie, sobald Madame Devilliers das Haus verlassen hatte, in ihr Zimmer. Vorsichtig öffnete Diane die Nachttischschublade. Alle beide beugten sie sich über den erstarrten Wirbelwind aus Silberpapier, als wollten sie in seinen Formen ihre Zukunft lesen. Das Papier zitterte unter ihrem Atem, aber bewahrte hartnäckig sein Geheimnis.
»Sie hat es nicht angerührt«, sagte Diane.
»Und hier?« Annette deutete auf eine silberglänzende Wölbung.
»Hier war sie gestern.« Und Diane versuchte, die Schokoladenriegel zu zählen. »Sie hat nicht davon gegessen«, sagte sie.
»Aber sie ißt doch jeden Tag davon.«
»Sie ißt nicht mehr davon: sie will dünner werden.«
»Wenn ich es nur ganz sicher wüßte.«
»Aber wenn du doch nicht weißt, wo er sich versteckt hält.«
»All die Sorgen, die er sich umsonst macht.«
Sie verstanden einander, auch wenn sie nur in Andeutungen redeten. An andern Tagen bilde-

ten sie sich ein, die Unordnung in der Schublade habe sich verändert. Über das silberglänzende Gewoge gebeugt, das ihr Atem rascheln machte, stritten sie über die Verschiebungen und Falten des Papiers. Die Vergangenheit blieb so undurchdringlich wie die Zukunft. Prinz Abdallah mußte sich in seinem Versteck verzehren. Madame Devilliers trug das Lächeln einer Schlafwandlerin durch das Haus; sobald sie fort war, schwieg das Telefon. Diane und Annette waren allein auf der Welt.

»Was würdest du an meiner Stelle tun? wiederholte die junge Frau.

Diane, die wirklich Rat brauchte, aber eher gestorben wäre als danach zu fragen, suchte auf Annettes Frage mit allen Kräften eine Antwort.

Sie glaubte, sie in dem lilafarbenen, parfümierten Kuvert gefunden zu haben, das der Briefträger ihr eines Morgens zusammen mit dem Brief gab, den Madame Devilliers gegenwärtig täglich erhielt und der nach gar nichts roch. Diane entzifferte eine unbekannte Handschrift und las den Namen des Prinzen Abdallah.

»Annette!«

Die lief schon herbei: alle beide warteten auf das Erscheinen des Briefträgers. Sie runzelte die

Stirn. »Er hat diese Adresse angegeben, um sich nicht aufspüren zu lassen.«
Sie drehte das Kuvert nach allen Richtungen, als könnte es irgendwelche Hinweise enthalten. Schließlich roch sie daran. Ihr Gesicht wurde hart.
»Er glaubte, ich würde nicht wagen, den Brief zu öffnen.«
»Warum?«
Annette antwortete nicht: sie las den Brief. Ein süßlicher Geruch ging von ihm aus, der Diane den Atem verschlug. Sie bewunderte die Schriftzüge in grüner Tinte auf dem lila Papier und beobachtete die junge Frau, die beim Umblättern zögerte. Schließlich faßte sie einen Entschluß und schlug das Blatt um, als sei es aus Blei. Aber ihre Blicke folgten nicht mehr den Linien, sie blieben auf einem Punkt im Hintergrund des Vorzimmers haften. Diane blickte in die gleiche Richtung, gewahrte nur Schatten und hob von neuem ihr Gesicht zu Annette empor. Diese las jetzt äußerst langsam: man konnte an ihren Pupillen sehen, wie sie ruckweise von einem Wort zum anderen gingen, wieder zurückwanderten, von neuem begannen. Sie war grau im Gesicht.
»Er macht mit mir, was er will«, sagte sie, »blö-

de Gans, die ich bin. Sie wartete auf ihn, um mit ihm abzuhauen, während ich mich für ihn umbringe.« Ihre Stimme brach ab.

»Ich will nicht, daß du dich umbringst!« schrie Diane, sie hatte nichts verstanden außer dem Klang der Stimme.

Aber Annette hörte nicht auf sie.

»Es fängt wieder an«, sagte sie, »jedesmal fängt es wieder so an.«

»Was fängt wieder an?« fragte Diane.

»Aber ja, es fängt wieder an«, wiederholte Annette. Sie betrachtete von neuem den gleichen Punkt im Hintergrund des Vorraums, und von neuem ahmte Diane sie nach und sah wieder nur Schatten.

»Es gibt welche, die machen ihr Fegefeuer in dieser Welt durch«, sagte die junge Frau trokken, als beschriebe sie einen banalen Zwischenfall, dessen zufälliger Zeuge sie in diesem Moment selber sei. »Deshalb also brauchte er das Halsband!« brüllte sie.

Sie schwieg plötzlich und sagte dann mit ungläubigem Ausdruck: »Ja dann, ja dann ...«, ihre Stimme schwoll von neuem an und wiederholte die gleichen Worte. »Ja dann«, schrie sie, »ist das ja nicht erst seit gestern, denn dafür hat er mich ja hier untergebracht«, fuhr sie fort, ergriff Diane bei den Schultern und schüttelte sie. »Erinnerst du dich, wie ich das erstemal kam und nicht bleiben wollte, und dann an den Tag, an dem Madame mich wegschicken wollte, du weißt doch. Deshalb wollte ich nicht bleiben, um ihn daran zu hindern, das Ding zu drehen, damit er mich nicht zwingen könne, das Ding mit ihm zu drehen. Und ich wußte nicht, daß es dieses Frauenzimmers wegen war, daß er es haben wollte, das Halsband«, rief sie aus, ließ das kleine Mädchen los und sah den Brief an, den sie in der Faust zusammenknüllte.

Sie zerriß ihn in zwei und dann in vier und immer weiter in kleinere Stücke und schrie zusammenhanglose Worte. Diane sah auf das schöne violette Papier, das in Fetzen zu ihren nackten Füßen lag. »Mir gefällt dieses Parfüm nicht«, sagte sie.

Annette schwieg und sah den letzten Fetzen des Briefes an, den sie in der Hand behalten hatte. Sie ließ ihn aus den Fingern gleiten und folgte ihm mit den Blicken, wie er niederschwebte und auf ihrem Schuh liegenblieb. Plötzlich lächelte sie. »Er hat ihr nicht seine Adresse gegeben«, sagte sie. »Er ist schwach, sie laufen ihm alle nach. Es ist nicht seine Schuld, daß er so schön ist.«

Diane schwieg. Ein kühler Wind kam durch den Türspalt und kitzelte ihr die Zehen.
»Was erzähle ich da nur?« sagte Annette mit ungläubigem Ausdruck, als betrachte sie sich selbst aus einer gewissen Entfernung und könne sich nur schwer erkennen. Ihr Gesicht verfinsterte sich. »Er hat ihr versprochen, sie mitzunehmen«, sagte sie. »Er hat ihr Geschenke gemacht. Sie weiß nicht einmal, daß ich existiere.«
Sie fiel so plötzlich auf die Knie, daß Diane einen Schritt zurückging.
»Ich habe nicht nachgesehen, wie sie heißt«, sagte Annette. Sie begann, die Papierfetzen einen nach dem andern zusammenzusuchen, und sagte schließlich: »Hilf mir, mein Kleines, ja?«
In dem finsteren Vorraum suchten sie auf allen vieren die Stücke des Briefes zusammen, die der Luftzug unter der Tür und sie selber links und rechts verstreut hatten.
Annette betrachtete das kleine fliederfarbene Häufchen in ihrer Hand und sagte: »Ich werde ihn nie zusammenbringen. Ich hätte es nicht tun sollen. Jetzt ist es zu spät.«
»Laß mich«, sagte das kleine Mädchen. »Ich weiß, wie man es macht.« Aber dieses Puzzlespiel war erheblich schwieriger als jene, die sie

bisher zusammengesetzt hatte. Die Stücke paßten nicht zueinander und auch nicht die Worte; die auseinandergerissenen Sätze ergaben keine Bedeutung; die Unterschrift blieb unauffindbar. Manchmal tauchte wie eine Insel eine Zeile auf oder auch zwei, die Annette laut vorlas, aber die Fortsetzung fehlte, und ohne sie blieb der Anfang dunkel, schlimmer noch: mehrdeutig.
»›Da ich dich nicht mehr sehen werde‹«, las Annette. »Was soll das heißen, daß sie ihn nicht mehr sehen wird?« fragte sie sich. »Komisch, aber ich entsinne mich nicht, es vorhin gelesen zu haben. Dabei bin ich sicher, daß ich mich erinnert haben würde, wenn ich etwas davon bemerkt hätte. Sicher habe ich zu schnell gelesen, und jetzt erinnere ich mich an nichts mehr, du kannst mich umbringen, aber ich könnte dir nicht mehr erklären, warum sie schreibt, als würde sie ihn nicht mehr sehen, da ich doch genau das Gegenteil gelesen habe. Das ist es doch, was ich dir vorlas, Kleines, ich träume doch nicht?« Und sie wandte sich Diane zu mit gerunzelter Stirn und sorgenvollem Ausdruck und entzifferte von neuem die gleichen Worte.
Das kleine Mädchen ergriff ein Stück Papier und paßte es den andern Stücken an.
»Da haben wir es«, sagte sie.

»›Da ich dich‹«, las Annette, »›bis Monatsende nicht mehr sehen werde‹, ach ja«, sagte sie, »jetzt erinnere ich mich, ich fragte mich sogar, warum er sie bis Monatsende warten läßt, ich verstehe es immer noch nicht, was hältst du davon?« fragte sie angstvoll und hob den Kopf, um Diane in die Augen zu sehen, und fuhr dann, ohne die Antwort abzuwarten, fort: »Ich frage mich, wo ihr Name hingeraten sein kann, ich bin sicher, daß der Brief unterzeichnet war; einen Augenblick lang habe ich nicht aufgepaßt, und jetzt ist es zu spät, man kann wirklich nicht dümmer sein als ich.«

»Warum?« fragte Diane.

Annette verstand nicht.

»Warum willst du den Namen finden?«

Die junge Frau wußte es selber nicht. Ermüdet durch die anfängliche Heftigkeit ihrer Gefühle, schien ihr jetzt alles wieder gleichgültig zu sein.

»Du hast recht«, sagte sie. »Was kann das schon für mich bedeuten, ob sie nun Gertrud oder Isabelle heißt?«

Sie saß auf dem Boden; Diane, neben ihr auf den Knien, prustete vor Lachen.

»Gertrud«, sagte sie, »Das gibt's ja gar nicht.«

»Aber ja, ich schwör's dir.« Annette wurde ihrerseits lustig. »Was denkst du, ich wette, sie

heißt Gertrud«, sagte sie und zeigte auf die Trümmer des Briefes. »Gertrud«, wiederholte sie mit komischem Ton, und beide lachten, indem sie den Namen mit verschiedenem Ausdruck und Akzent immer wieder aussprachen, was ihnen immer komischer vorkam und sie immer mehr zum Lachen brachte.
»Gertrud«, sagte Annette in vorwurfsvollem Ton. Und Diane, indem sie empörte Überraschung spielte: »Gertrud!«
»Gertrud, wirst du herkommen!« rief Annette. Diane schüttelte mit mitleidigem Ausdruck den Kopf: »Was machst du denn da, Gertrud?«
Die junge Frau fragte: »Schämst du dich nicht, Gertrud?«
»Du hast dich wieder schmutzig gemacht, Gertrud!« schrie das kleine Mädchen und hüpfte vor Freude, als sie wiederholte: »Gertrud ist ein Ferkel, Gertrud ist ein Ferkel!«
Annette richtete sich auf, und sie knieten einander gegenüber, bogen sich und hielten sich Brust und Bauch mit beiden Händen und erstickten vor Lachen beim Anblick dieses Ferkels von Gertrud, die herbeigerannt kam, der Länge nach hinfiel, wieder aufstand und sofort weggeschickt, wieder herbeigerufen und nochmals weggejagt wurde.

Annette hörte zuerst auf. Sie war zu sich gekommen und konnte sich von neuem ihren Leidenschaften hingeben. Diane lachte noch, als die junge Frau sich steif aufrichtete und ihre kleinen Augen mit einem Schlag jenen Punkt im Hintergrund des Vorraumes fanden und festhielten, in dem sie ihr Mißgeschick zu lesen schien.

»Und sie duzt ihn«, sagte sie, sich aufrichtend, und deutete mit dem Finger auf ein Stück des Puzzles, das am Boden lag. »›Da ich dich bis Monatsende nicht mehr sehen werde‹«, las sie langsam. »›Da ich dich nicht mehr sehen werde.‹ Na, wir werden schon sehen, ob du ihn am Monatsende sehen wirst«, rief sie den Schatten zu, die in den Ecken des Zimmers hockten.

Sie fegte mit der Hand die Überbleibsel des Briefes zusammen; ein Schwarm von violetten Schmetterlingen umtanzte sie und flatterte unordentlich zu Boden. Diane entzifferte in abgerissenen Silben eine unbekannte Sprache.

»Wenn deine Mama es noch nicht getan hat, Kleines«, sagte die junge Frau, »werde ich selber Anzeige erstatten.«

Diane sah sie neugierig an. Annette wandte sich ab und senkte den Blick, um gleichzeitig jenen des kleinen Mädchens zu vermeiden und die

Schatten des Vorraumes und die Fetzen des zerrissenen Briefes nicht sehen zu müssen.

Der große Baum schwieg noch. Vor den Vögeln erwacht, setzte Diane die Zehenspitzen auf den Boden und lauschte. Sie glaubte, ein kaum hörbares Geräusch wahrzunehmen, das sie nicht zu deuten wußte. Es konnte der Schrei eines Neugeborenen in der Ferne sein oder auch eines Kätzchens im Garten oder im nebenliegenden Badezimmer die Klage des Wassers, das die Leitung gefangenhielt. Der Ton brach in manchen Augenblicken ab und wurde ein wenig später wiederaufgenommen, immer auf der gleichen, kaum abgewandelten Höhe. Diane versuchte, ihn sich weit entfernt, dann wieder immer näher und näher vorzustellen, indem sie ihn einem Kind, einem Tier, einer Flüssigkeit anpaßte; er gab sich willig allen Metamorphosen hin. Sie näherte sich dem Fenster: die Straße lag schweigend da. Sie ging auf den Flur hinaus und beobachtete den Garten: alles schlief. Aber eine undeutliche Helligkeit färbte den Treppenabsatz. Diane schlich bis zur Treppe. Das Licht kam von unten aus dem Salon. Die Klage hatte wieder aufgehört.

Diane kauerte sich nieder und blickte durch das

Treppengeländer. Sie war so sicher, daß es sich um Annette handele, daß sie sie zu erkennen glaubte, undeutlich vom Licht einer Lampe gezeichnet, die direkt auf dem Teppich neben dem Schreibtisch stand, von dem bloß das Äußere vorhanden war, denn alle Schubladen waren herausgezogen. Die befanden sich in einem Durcheinander am Boden, die einen aufrechtstehend, die anderen flach hingelegt. Die Briefe, die sie enthalten hatten, stellten in der Mitte des Zimmers für Diane, die sie aus der Vogelschau betrachtete, einen Ozean dar, den gleichsam der Frost mitten in stürmischer Bewegung hatte erstarren lassen. Die Briefpakete waren auseinandergenommen, die Bänder zerrissen, die Kuverts geöffnet, die Blätter hastig, ungeduldig zerknittert, als habe jemand unter diesen Tausenden von Botschaften vergeblich jene gesucht, von der sein Leben abhängt. Neben dieser erstarrten Unordnung saß eine Frau am Boden, auch sie ohne Bewegung.
Man konnte sie schlecht sehen, der Lichtkreis endete vor ihren Füßen; weiter oben begannen Schatten, die immer dichter wurden und kaum das Porträt der Madame Devilliers über dem Schreibtisch samt ihrem Halsband und ihrem Lächeln erraten ließen; von der sitzenden, in

sich zusammengesunkenen, mit gesenktem Kopf verharrenden Frau sah man nur ihre tiefe Müdigkeit.

Sie hob den Kopf, warf ihn nach hinten, so daß Hals und Kinn eine gerade Linie bildeten, und aus ihrem geschlossenen Mund kam die gleiche monotone, endlose Klage, die Diane aufgeweckt hatte und sie jetzt erstarren ließ: sie erkannte ihre Mutter. Alice Devilliers weinte nicht, sie stöhnte nicht, der Ton, der durch ihre Lippen drang, ohne daß sie sich öffneten, hatte weder etwas Menschliches noch etwas Tierisches an sich, und Diane dachte wieder an die Stimme des gefangenen Wassers in den engen Kupferröhren. Erstarrt hörte sie, wie ihre Mutter klagte.

Schließlich schwieg sie. Ihr Kopf senkte sich langsam, ihr Blick glitt über die Briefe hin, die sich um sie her häuften. In diesem Augenblick gewahrte sie Diane, barfuß, auf der vorletzten Stufe der Treppe, als ob sie in ihrem langen, weißen Nachthemd gerade aus dem Nichts entstanden sei. Ihr Haar war wieder gewachsen und stand wie ein Glorienschein um ihren Kopf. Das Lächeln ihrer Mutter erwiderte sie nicht. Die zeigte mit einer anmutigen Bewegung auf den Ozean aus Papier um sie her und sagte, als setze sie eine seit langem begonnene Unterhaltung fort: »Sie sind alle gleich, sie überschütten einen mit Versprechungen, mit Schwüren, sie liegen einem zu Füßen ...«

Ihre disziplinierte Stimme stieg auf und ab, hielt für den Augenblick inne, den eine Pause benötigte, ein Seufzer, ein halber Seufzer. Von neuem beschrieb ihre linke Hand einen Kreis über den Briefen. »Die da kannte ich nicht, ich war ihnen nie begegnet«, sagte sie und schwieg einen Augenblick, ehe sie hinzufügte: »Aber sie kannten mich. Sie gingen nach Hause, wenn sie mich auf der Leinwand gesehen hatten, in Paris oder am Ende der Welt«, fuhr sie fort und ging zum erzählenden Stil über, »und sie schrieben mir, um mir von ihrem Leben zu berichten und zu sagen, daß sie mich liebten. Ich antwortete ihnen nicht: wie hätte ich auch? Was hätte ich ihnen sagen sollen?« fragte sie mit kindlicher Stimme. »Ich hatte eine Sekretärin: einigen, wie es der Zufall wollte, schickte sie mein Foto, das sie an meiner Stelle unterschrieb.«

Sie hob den Blick, als ginge sie in Gedanken ihrer Vergangenheit nach. »Und wenn es zu viele Briefe gab«, sagte sie mit einer kleinen resignierten Grimasse, »hörte ich auf, sie zu lesen: ich hatte zuviel zu tun. Aber ich hob sie auf, alle hob ich auf«, rief sie mit lauterer Stimme und ließ ihren Blick über sie hinschweifen, ehe sie fast flüsternd schloß: »Ich frage mich bloß, warum?«

Sie schwieg, als habe sie die Anwesenheit ihrer Tochter vergessen, hob einen Brief auf, überlas ihn kurz, nahm einen zweiten, einen dritten. Sie zog sie aus dem Haufen, wie es der Zufall wollte, las ein paar Zeilen und ließ sie wieder fallen. Plötzlich schloß sie die Augen, warf den Kopf zurück, und Diane erbebte und wollte sich die Ohren zuhalten. Aber ihre Mutter verharrte einige Augenblicke schweigend und sagte dann, ohne die Augen zu öffnen und gleichsam zu sich selber: »Man ist stark, wenn man jung ist: vor nichts hat man Angst.«

Sie hob die Arme und ließ ihre langen, feinen Finger über ihr Gesicht gleiten, indem sie die Haut der Wangen über den Backenknochen spannte und sie nach den Schläfen zu hinaufzog; ihre Züge glätteten sich, ein leichtes Lächeln hob ihre Mundwinkel, als stehe sie vor einem Spiegel.

»Die Spuren der Zeit«, sagte sie. Sie öffnete die Augen, sah ihre Tochter an, deren Blick an ihr haftete, und sagte ihr schließlich: »Das kannst du nicht verstehen.«

»Doch«, sagte Diane. »Die Brandwunden.«
»Welche Brandwunden?«
»Die Brandwunden der Zeit.«
Ihre Mutter betrachtete sie zweifelnd. Sie erschauerte und stand auf. »Komm«, sagte sie, »wir wollen mit dem Zeug ein schönes Feuer machen.« Sie raffte einen Armvoll Briefe zusammen und warf sie in den Kamin. Aus ihrer Handtasche, die neben ihrem Mantel und ihren Handschuhen am Boden lag, dort, wo sie sie beim Nachhausekommen hatte hinfallen lassen, nahm sie ein Feuerzeug. Diane sah sie mit einem solchen Neid an, daß Madame Devilliers es bemerkte und ihr das Feuerzeug hinhielt.
»Jetzt bist du groß«, sagte sie mit einem freudlosen Lächeln. Die Blätter bedeckten sich mit blauen und gelben Flämmchen, krümmten sich, spien eine Feuerzunge aus, die in Rauch überging und einen Film zurückließ, auf dem man noch, schwarz auf schwarz, Liebesschwüre und verrückte Versprechungen entziffern konnte. Diane holte neue Vorräte an Korrespondenz und warf sie auf die Feuerstelle, und unter ihrem Gewicht verwandelten sich die verkohlten Ausbrüche und Beteuerungen in Asche. Diane liebte das Feuer, sie liebte seine Schläue, seine Geduld und Hartnäckigkeit; als sie es

beobachtete und ihm neue Nahrung zuführte, dachte sie nicht mehr an ihre Mutter.
Aufrecht vor dem Kamin stehend, folgte Madame Devilliers mit den Blicken den Rauchwolken, deren Wogen und Dichte ziemlich genau ihre eigenen Gedanken wiedergab. Sie achtete nicht auf ihre Tochter, die, beladen mit den Überresten des Ruhmes und der Jugend ihrer Mutter, zwischen Schreibtisch und Kamin hin und her glitt, auf ihren nackten Zehenspitzen plötzlich stillstand, von neuem loslief, mit einer neuen Ladung von Erinnerungen zurückkam. Manchmal und gewissermaßen gegen ihren eigenen Willen streckte Madame Devilliers die Hand aus, um einen Brief zu ergreifen, als wäre er es, der, hätte sie ihn nur zehn oder zwölf Jahre früher gelesen, ihr Leben verändert haben würde; nach einigen Sekunden zögerte sie; von einer Art Panik ergriffen, ließ sie das Blatt in die Flammen fallen, ohne es angesehen zu haben.
Diane kam und ging, der Haufen von Briefen auf dem Teppich wurde kleiner, der Aschenberg im Kamin wuchs.
Noch einmal nahm Madame Devilliers ein Kuvert aus den Händen ihrer Tochter, einmal mehr wagte sie nicht, es zu öffnen, und warf ein seit langem verjährtes Glücksversprechen ins Feu-

er. Einmal mehr warf sie den Kopf zurück, bis Profil und Hals eine beinahe gerade Linie bildeten, und Diane, als sie es bemerkte, stand still, die Arme voller Briefe, und erstarrte in sich selbst in schreckensvoller Erwartung. Aber statt noch einmal ihre Klage auszustoßen, begann ihre Mutter mit ruhiger Stimme zu sprechen. »Diane«, sagte sie, »erinnerst du dich, es ist einige Zeit her, daß ich abends beim Nachhausekommen in dein Zimmer ging, um mit dir zu reden?«

Das kleine Mädchen wollte weglaufen, aber seine Beine, die so flink waren, gehorchten ihm nicht mehr. Die Angst, die bis dahin Diane bewegt hatte, erschien ihr gering, verglichen mit der Katastrophe, die sich vorbereitete. Mit aller Kraft preßte sie den letzten Armvoll Briefe an ihre Brust und heftete einen bittenden Blick auf ihre Mutter. Madame Devilliers schien es nicht zu bemerken.

»Du weißt doch, wonach ich dich an jenem Abend gefragt hatte?« sagte sie verlegen und wußte nicht, wie sie das Thema anpacken sollte, das sie bedrückte.

Diane unterbrach sie.

»Dein Halsband«, rief sie. »Hast du bemerkt, dein Halsband ...«

Sie war entschlossen, alles zu gestehen, um ihre Mutter zu hindern weiterzureden.

»Hör auf das, was ich dir zu sagen habe«, beharrte Madame Devilliers. »Es ist sehr ernst.«

Diane wußte das wohl.

»Dein Halsband ist nicht mehr da!« rief sie.

»Aber ja, aber ja«, sagte ihre Mutter ärgerlich. »Ich weiß sehr gut, daß es nicht mehr da ist.«

»Gegen wen hast du Anzeige erstattet?« fragte Diane.

Madame Devilliers sah sie verblüfft an.

»Was redest du da?« sagte sie. »Glaubst du, ich würde Anzeige erstatten, weil ich ein altes Halsband aus falschen Perlen nicht mehr finde?«

»Aber ich weiß, daß du Anzeige erstattet hast!« brüllte Diane und trampelte mit den Füßen. »Ich habe es gehört.«

Sie konnte nicht mehr, und ihre Mutter, plötzlich unruhig, um so mehr, als sie nicht begriff, was sie da redete, nahm ihr ihre Last ab und warf sie in den Kamin. Dann nötigte sie sie, sich auf den Boden zu setzen, setzte sich neben sie und legte ihr den Arm um die Schultern.

»Seit zwölf Jahren arbeite ich nicht mehr«, sagte sie in einfacherem Ton, als sie ihn je gegenüber Diane gebraucht hatte. »Ich habe mein Halsband vor langer Zeit verkauft und mir eine

Imitation machen lassen. Niemand weiß es außer Tante Lydia und dir.«
Sie schien ruhig und vernünftig zu sein, und Diane hoffte, daß sie ihre Fragen in bezug auf ihren nächtlichen Besuch vergessen hatte.
»Und ich machte mir Sorgen, weil ich glaubte, es sei ein richtiges Perlenhalsband und du hättest es nicht mehr«, sagte sie vorsichtig.
»Ich hätte lieber tausend Halsbänder verloren«, sagte Madame Devilliers, und Diane begriff, daß sie sich geirrt und ihre Mutter nichts vergessen hatte.
Die Flammen hatten auf den letzten Armvoll Briefe übergegriffen, sie attackierten ihn von allen Seiten und ließen auf den Gesichtern von Mutter und Tochter kupferfarbene Reflexe tanzen.
»Der, von dem ich dir damals gesprochen hatte«, sagte Madame Devilliers und suchte tastend einen Weg zwischen Worten, die sie so oft auf der Leinwand ausgesprochen hatte und deren Sinn sie seit fünf Stunden endlich begriff.
Diane erstarrte in Erwartung des Schlags.
»Ich wollte dir sagen«, begann ihre Mutter wieder, und das Reden, das ihr sonst so leichtfiel, fiel ihr schwer, »weil ich mit dir darüber gesprochen hatte, und außerdem hast du ein Recht

darauf, es zu wissen.« Sie verstummte noch einmal und setzte dann hastig mit beinahe unhörbarer Stimme hinzu: »Zwischen ihm und mir ist es aus.«
Genau in diesem Augenblick wußte Diane, was wirkliches Glück ist. Sie hatte Lust, aufzulachen, zu hüpfen, zu fliegen. Zunächst aber warf sie ihrer Mutter einen Blick zu. Madame Devilliers sah in die Flammen. Tränen zeigten sich in ihren Augenwinkeln und wurden größer, sie spiegelten das Feuer wider und flossen längs der Nase und der kleinen Fältchen hinab, die den Mund begrenzten. Ihre Tochter sah ihr zu, wie sie weinte, verspürte für sie nachsichtiges Mitleid und sagte: »Du bist die Schönste von allen.«
Madame Devilliers schien nichts zu hören: Dianes Worte hatten einen langen Weg zurückzulegen. Mit den Fingerspitzen wischte sich ihre Mutter die Tränen ab und sagte zerstreut: »Was sagst du da?«
Diane wiederholte ihre Worte.
»Wirklich?« Madame Devilliers' amüsierte Überraschung klang falsch, und ihre Tochter stellte sich vor, wie sie später ihre Unterhaltung Freunden berichten würde. Ihr Ärger wurde größer als ihr Mitleid. Aber die Tränen zwischen den geröteten Lidern ihrer Mutter flossen wei-

ter. Diane zwang sich zum drittenmal zu sagen: »Die Schönste der Welt.«
Die Morgendämmerung war in den Garten gedrungen; sie trat durch die Glastüren, ließ das Licht der am Boden, auf dem Teppich, vergessenen Lampe und die letzten Flämmchen im Kamin fahl werden. An der Wand, in ihrem vergoldeten Rahmen, leuchteten wirkliche Perlen am Hals der lächelnden, der ewig jungen Alice Devilliers.

»Falsche Perlen«, sagte Annette ungläubig.
Sie betrachtete ein eben gewaschenes Glas gegen das Licht, um sicher zu sein, daß es auch wirklich sauber war, und stellte es auf den Küchentisch, an dessen Ende Diane, welche bis mittags geschlafen hatte, dabei war, ihr Frühstück einzunehmen, wie es ihr das Mädchen beigebracht hatte. Annette sagte ein zweitesmal: »Falsche Perlen.«
Sie ging zum Spülbecken, um ein anderes Glas zu holen, und sagte nachdenklich: »Und all die Sorgen, die ich mir gemacht habe.«
Sie stellte das zweite Glas neben das erste und dachte schweigend nach, den Blick in imaginären Räumen verloren. Was sie sah, mußte komisch sein: sie brach in Gelächter aus.

»Kannst du dir vorstellen, wie er versucht, sein Halsband loszuwerden, und erfährt, daß es falsch ist?« sagte sie, lehnte sich über den Tisch und folgte dem Prinzen Abdallah, der mit entgeisterter Miene aus dem Laden des Hehlers trat, mit den Blicken. »Nein, nein«, rief sie und streckte den Hals vor, um besser sehen zu können, »er ist nicht allein hingegangen, er hat seine Gertrud mitgenommen, damit sie auch alles richtig sehen kann.«
Bei der Erwähnung von Gertruds Namen hob Diane den Kopf, bereit loszuprusten.
»Ein Halsband im Wert von zehn Millionen, und ob das Eindruck macht«, sagte Annette.
»Zehn Millionen? Zehn Millionen?« wiederholte sie und machte dabei eine fette Männerstimme nach, »sagen Sie lieber Zehntausend. Zehntausend?« schrie sie und imitierte jetzt die hohe, näselnde Stimme Gertruds. »Nicht einen Sou mehr.« Sie wandte sich von dem Hehler ab, um dem Prinzen Abdallah die Stirn zu bieten. »Du hast mich belogen«, keifte sie. »Eine Fälschung. Das geschieht dir recht, Frauenzimmer«, setzte Annette mit ihrer natürlichen Stimme hinzu.
»Und dann?« fragte Diane. »Was geschah dann?«
Annette war zum Spülbecken zurückgekehrt

und betrachtete prüfend einen Teller. Plötzlich entfuhr ihr ein Ausruf der Überraschung, der Verachtung, der Wut.

»Ach, der Schuft, der Schuft«, sagte sie, »und was habe ich alles in ihm gesehen!«

Sie trat wieder neben Diane.

»Was sie in dem Brief schrieb, daß sie ihn nicht vor Monatsende wiedersehen würde, erinnerst du dich, mein Kleines?«

Diane zitierte: »›Da ich dich nicht vor Monatsende wiedersehen werde.‹«

»Richtig, richtig«, unterbrach sie Annette, die sich immer mehr aufregte. »Erinnerst du dich, ich wollte damals noch wissen, was die Sache mit dem Monatsende bedeuten sollte«, rief sie sieghaft. »Verstehst du jetzt?«

Diane dachte kurz nach.

»Nein«, sagte sie. »Ich verstehe nichts.«

»Dabei ist das klar wie der helle Tag«, sagte Annette, hin- und hergerissen zwischen ihrem Zorn auf den Mann, der sie betrog, und dem Stolz, ihn endlich entlarvt zu haben. »Er hat sofort gewußt, daß das Halsband eine Fälschung war, also hat er bestimmt Gertrud irgendwelche Geschichten erzählt, damit sie sich gedulde«, fuhr sie fort und sprach immer schneller, »und jetzt wartet der Herr das Monatsende ab, um dem gutmütigen Schaf Annette das Geld abzunehmen.«

Der Teller glitt ihr aus den Händen, fiel genau auf die Kante und rollte quer durch die Küche. Die junge Frau machte eine halbe Bewegung, um ihm nachzulaufen, hielt inne, drehte sich um und nötigte das kleine Mädchen aufzustehen.

»Diane, mein Liebling«, sagte sie, »nimm mir den Schwur ab, daß ich nie wieder mit ihm reden, daß ich ihn nie wiedersehen werde.« Sie hatte sie gegen den Tisch gedrängt, legte die Hände auf die Schultern des Kindes und wiederholte außer Atem: »Nimm mir den Schwur ab, mein Kleines.«

»Laß mich los«, sagte die Kleine, und als Annette ihre Arme nach unten hängen ließ, setzte sie voller Ernst hinzu: »Jetzt schwöre.«

Sie sahen sich in die Augen, und Annette sagte laut und deutlich, indem sie die Silben voneinander trennte: »Ich schwöre.«

Das Telefon klingelte; sie fuhren zusammen. »Es ist für deine Mama«, sagte Annette.

Dianes Gesicht war ernst, verschwiegen, ein bißchen melancholisch.

»Nein«, sagte sie, »es ist nicht für sie.«

Annette wurde plötzlich rot.

»Sag ihm, daß es zwischen uns aus ist«, flüsterte sie, als habe sie Angst, man könne sie hören. Sie unterbrach sich. »Nein, warte, ich werde selber an den Apparat gehen.«
Sie wollte hinstürzen. Diane trat ihr in den Weg, sah sie an und sagte mit einem gewissen Hochmut: »Du hast geschworen.«
Die junge Frau lächelte beschämt. »Sag ihm, daß ich weggegangen bin. Nur das, nichts weiter.«
Diane ging auf das Telefon zu. Hinter ihrem Rücken hörte sie Annette flüstern: »Schnell, schnell, er wird abhängen.«
Sie sagte: »Hallo!«
»Fräulein Diane? Ich würde gern Annette sprechen.«
»Sie ist weggegangen.«
»Danke, Fräulein.«
Er hatte schon abgehängt. Plötzlich begriff sie, daß sie eben mit Prinz Abdallah gesprochen hatte; der Hörer brannte ihr in der Hand. Annette war herbeigelaufen und bedrängte sie mit Fragen. War er beleidigt gewesen, enttäuscht? Hatte er geglaubt, daß sie weggegangen sei? Sicher war ihm etwas merkwürdig vorgekommen, sonst hätte er gesagt, daß er wieder anrufen würde. Zum zehntenmal wiederholte Diane die Worte des Mannes.

»Gut, aber in welchem Ton sagte er ›Annette‹?«

Diane schwieg.

»Sagte er es freundlich?«

Diane schwieg.

»Es wäre besser gewesen, ich hätte selber mit ihm gesprochen.«

»Du hast geschworen«, sagte Diane.

»Wegen dieses Frauenzimmers«, sagte Annette.

Den ganzen Tag über warteten sie darauf, daß er wieder anrufen würde.

Nachts kam Annette und beugte sich über das Bett des Kindes. »Kleines.«

Aus der Tiefe ihres Traumes fuhr Diane hoch wie der Schwimmer an einer Angel. »Hat er angerufen?«

Die andere schüttelte den Kopf und sagte: »Wir hatten nicht daran gedacht. Es ist Monatsende.«

»Wie spät ist es?«

»Mitternacht vorbei.«

Diane setzte sich im Bett auf.

»Dann ist es Sonntag«, sagte sie.

»Sonntag und Monatsende.«

Diane begriff, daß Prinz Abdallah von einem zum anderen Moment erscheinen konnte. Es war zu dunkel, um etwas sehen zu können. Vielleicht war er schon da.

»Er ist ein Lügner«, sagte Annette, »ich weiß, daß er ein Lügner ist.«
Diane fühlte, daß auch sie Angst hatte, und versuchte, sich Mut zu machen.
»Er verspricht immer, mich zu heiraten«, sagte die junge Frau, »und immer fehlt ein Papier, und dann muß er schleunigst wegfahren wegen seiner Feinde, und niemals sagt er mir etwas, er lügt, er wird im Gefängnis enden, das ist klar, und ich zusammen mit ihm.«
Diane sah wieder den dicken, goldenen Ring, das violette Taschentuch, die gewichsten Schuhe des Prinzen Abdallah vor sich und hörte seine Stimme: »Wollen Sie, Madame, daß meine Frau morgen früh anfängt?«
»Seid ihr nicht verheiratet?« fragte sie.
»So gut als ob.« Annette brach ab und sagte langsam mit verträumter Stimme: »Jedenfalls wird er mich umbringen.«
Sie waren allein mitten in der Nacht, verteidigungslos ausgeliefert, verloren. Diane begann zu weinen.
»Kleines«, sagte Annette.
Ihre Hand suchte die des Kindes. Diane fühlte Papier zwischen ihren Fingern.
»Es ist mein Monatslohn«, sagte Annette. »Versteck ihn, mein Kleines, versteck ihn gut, und

sage mir nicht, wo du ihn hingetan hast. Wenn er morgen kommt, werde ich ihn von dir zurückverlangen, aber gib ihn mir nicht, versprich, ihn mir nicht zu geben, solange er da ist.«

Diane hörte auf zu weinen.

Sie mußte aus dem Bett steigen, aus dem Zimmer gehen, den Korridor entlang, die Treppe hinaufsteigen, wobei sie jeden Moment darauf gefaßt war, daß eine mit einem Goldring geschmückte Hand ihr die Banknoten entreißen könnte, die sie an ihr Herz preßte, das langsamer schlug.

Der Dachboden segelte im Mondlicht dahin. Diane hatte ihn noch nie so gesehen, blau, verschwommen. Koffer machten den Rücken krumm, Bilder schienen in die Tiefe zu wachsen: ein falscher Schritt, und man war unweigerlich auf dem Meer, in einem Wald verloren. Die Kleiderpuppe spiegelte ihre zu mächtige Büste, ihre zu schmale Taille in den Spiegeln, und es war unmöglich, ihr zu entkommen. Diane war umgeben von einem ganzen Volk von Kleiderpuppen.

Annette hatte in ihrer Kammer auf sie gewartet. »Ich wette, du hast es auf dem Boden versteckt«, sagte sie in merkwürdigem Ton. Sie ließ

ein kurzes, verlegenes Lachen hören: »Du siehst, wie ich bin.«
Diane hatte nicht die Kraft zu antworten. Sie zitterte wie im Fieber. An den Pforten des Traumes erwarteten sie Kleiderpuppen; sie trugen dicke, goldene Ringe an den Fingern. Ein Volk von Kleiderpuppen, und Kleopatra, Königin von Ägypten, auf einem Einhorn. –

»Du siehst schlecht aus«, sagte Madame Devilliers. »Was hast du gestern gegessen?«
Es war Sonntagabend.
Er hatte nicht wieder angerufen, er war nicht gekommen.
»Er muß irgendeinen Verdacht haben«, sagte Annette. »Es ist das erste Mal, daß er telefoniert und ich nicht da bin.«
Sie warteten.
Diane verbrachte ihre Zeit neben der Eingangstür: die Lieferanten hatten kaum auf den Klingelknopf gedrückt, als sich die Tür auch schon öffnete. Oder aber sie stand draußen Wache. Sie glaubte, das Telefon zu hören, und stürzte hin. Niemand. Durch die Küchentür warf ihr Annette einen beklommenen Blick zu. Aber Diane war schon wieder weg: man hörte einen Männerschritt auf der Straße. Die Suppe war fade, das

Fleisch zäh, der Nachtisch versalzen. Und das Geschirr: ein Scherbenhaufen.

»Ich muß unbedingt mit Annette sprechen«, sagte Madame Devilliers; sie hatte sich ein schwarzes Kleid anfertigen lassen, das sie schlanker machte und sie verjüngte und ihr aus irgendeinem Grunde das Aussehen einer Rekonvaleszentin verlieh.

Das Mädchen antwortete: »Ja, Madame«, mit der gleichen Unterwürfigkeit und Indifferenz wie Diane, wenn sie »Ja, Mama« sagte.

Abends kam Annette heimlich ins Kinderzimmer. Im Dunkeln klang ihre körperlose Stimme freier. »Er weiß alles«, sagte sie, »er wird mich umbringen. Er wird nachts kommen und mich mit seinem Messer umbringen.«

»Die Tür ist verschlossen«, sagte Diane.

»Eine Tür kann man öffnen; was man dafür braucht, hat er, mit dem Dietrich kennt er sich aus.«

»Wir legen die Kette vor«, sagte Diane.

»Er wird auf den Baum steigen«, sagte Annette, »und wird durchs Fenster hereinkommen.«

»Wir sägen die Äste ab.«

»Er wird draußen auf mich warten.«

»Dann gehst du nicht aus dem Haus.«

»Er wird warten.«

»Du gehst nie wieder aus dem Haus.«
»Ich kenne mich: schließlich gehe ich doch.«
Alle beide saßen auf dem Bett, Wange gegen Wange, Annettes Arm lag um die Schultern des kleinen Mädchens, sie wiegten sich leicht hin und her.
»Seit so langer Zeit warte ich auf ihn«, sagte die junge Frau, »ich verbringe mein Leben damit, auf ihn zu warten. Warum läßt er mich nur so lange warten?
Geht es dir gut, Liebling?« sagte Annette. »Ist dir nichts geschehen? Sag mir, Liebling, ich will wissen, ob dir nichts geschehen ist, warum kommst du nicht? Ich will mit dir sein.«
»Annette, zu wem sprichst du, Annette? Gib Antwort. Du machst mir angst, Annette.«
»Er wartet draußen auf mich«, sagte Annette. »Laß mich nicht hinausgehen, mein Kleines. Versprich mir, mich nicht hinausgehen zu lassen.« Sie preßte Diane an sich und bedeckte ihre Hände und Gesicht mit Küssen. »Wenn ich nur so schön sein könnte wie du«, sagte sie. »Wenn ich dein Haar hätte.«
Sie schliefen auf Dianes Bett ein, aneinandergedrängt, alles miteinander teilend, selbst die Träume.

»Ich habe es dir versprochen«, wiederholte Diane und stellte sich mit dem Rücken gegen die Eingangstür. Sie war seit einer Stunde auf, ihr Nachthemd fiel auf ihre nackten Füße herab, ihr blondes Haar schäumte über ihre Schultern. Annette war fertig angezogen. Sie sagte: »Ich werde zum Frühstück wieder zurück sein.«

Diane schüttelte den Kopf.

»Ich will nur ein Stück gehen, das ist alles«, sagte Annette und wich ihrem Blick aus. »Ich bin seit einer Ewigkeit nicht mehr draußen gewesen, ich ersticke.«

»Er wird dich umbringen.«

Den Blick immer noch gesenkt, zuckte die junge Frau kaum wahrnehmbar die mageren Achseln. Diane ging einen Schritt beiseite.

Sie blieb neben dem Eingang stehen und lauschte auf die Geräusche der Straße. Sogleich klingelte das Telefon. Sie sprang hin, nahm den Hörer ab, rief: »Warten Sie!«

Sie lief hinaus; ihr Hemd flatterte im Wind, ihre nackten Füße berührten lautlos das Trottoir. Nie zuvor war sie so schnell gelaufen.

Bei ihrem Anblick begriff Annette sofort alles. Ihr Gesicht belebte sich. Sie stürzte zum Haus zurück.

Diane fand sie in ihrer Kammer, wie sie gerade

das gelbe Kleid auszog, das Madame Devilliers ihr geschenkt hatte.

»Wir reisen«, sagte sie. »Ich habe zwanzig Minuten Zeit, um mich mit ihm zu treffen.«

Diane fand ihr Lachen dumm. Sie fragte: »Hat er dir seine Adresse gesagt?«

»Wie? Ja, natürlich.«

»Und Gertrud?«

»Genau das, was ich dachte: sie zählt überhaupt nicht. Hol mir mein Geld, Kleines.«

Annette hatte die Stimme der Erwachsenen, wenn sie, ohne Reue zu empfinden, einen Meineid leisten und an etwas anderes denken. Sie dachte an etwas anderes. Diane kletterte auf den Boden. Als sie herunterkam, hatte Annette das schwarze Kleid angezogen, das sie bei ihrer Ankunft im Hause getragen hatte, und wickelte ihre letzten Habseligkeiten in eine Zeitung.

»Danke, mein Kleines«, sagte sie zerstreut.

Im Augenblick, da sie auf die Straße hinausging, blieb sie stehen und sah Diane an, als bemerke sie erst jetzt ihre Anwesenheit. Mit einer jähen, eckigen Bewegung beugte sie sich nieder und schloß sie in ihre Arme. Diane vergaß, daß sie drei Monate zuvor alles getan hätte, um sie loszuwerden, und preßte sich an die junge Frau, fühlte, wie ihr Gesicht feucht wurde, und hörte sie sagen: »Ich mache eine Dummheit, mein Kleines.«

Diane beobachtete sie: durch ihre Tränen lächelte Annette. Sie zog aus ihrem Paket das schwarze Tuch, auf dem Blumen von bonbonfarbenem Rosa erblühten, drückte es dem Kind in die Hand und lief davon.

Durch die halbgeöffnete Tür sah Diane sie weggehen. Mit gebeugtem Rücken und hervorspringenden Schulterblättern ging sie langsam dahin, wobei sie auf die Spalten zwischen den Platten des Bürgersteigs trat. Die Vögel sangen in dem großen Baum. Die Turmuhr Brand schlug die halbe Stunde. Annette begann zu rennen.

Diane sollte sie nie wiedersehen, nur als sie, Jahre später, zum erstenmal in einem Buch, vielleicht »Manon Lescaut«, oder in einem Herzen, vielleicht dem ihren, auf die Liebe stieß, war dies für sie nicht eine Offenbarung, sondern zauberisch und einzig vollkommen eine Erinnerung.

Als Annette verschwunden war, schloß Diane die Tür und ließ sich in der Treppenkehre nieder, um auf das Erwachen ihrer Mutter zu warten, sich von ihr kämmen zu lassen und ihr zu sagen, daß sie zur Schule gehen wolle. Von der

Stelle aus, wo sie saß, konnte sie einen Teil des Salons erblicken: den schwarzen, mit Elfenbein eingelegten Schreibtisch, der jetzt leer war, das Porträt der Alice Devilliers und durch eine der Glastüren den Stamm des großen Baumes. Diane hatte keine Eile: sie hatte über vieles nachzudenken.